Il GIORNO
CHE DOVREMO
"PERDERE"

Titolo | Il giorno che dovremo "perdere"
Autore | Enzo Amoruso
ISBN | 978-88-91128-71-3

Youcanprint Self-Publishing
Via Roma, 73 – 73039 Tricase (LE) – Italy
www.youcanprint.it
info@youcanprint.it
Facebook: facebook.com/youcanprint.it
Twitter: twitter.com/youcanprintit

ENZO AMORUSO

Il GIORNO
CHE DOVREMO
"PERDERE"

Youcanprint *Self-Publishing*

A mio figlio Andrea.
Che mi è stato di prezioso conforto
nei miei sogni angosciosi.
Ovunque egli sia. E…

A mia moglie Clara.
Compagna spirituale non meno che fisica,
con la speranza che queste mie rozze parole
possano ricordarle la gioia dei giorni felici,
ed esserle di conforto nel dolore.
Questo messaggio di speranza è pieno del
tuo coraggio, è l'auspicio che tu possa vincere
la tua lotta, è un ricordo delle nostre grandi
risate, delle nostre piccole liti, ma soprattutto
del nostro grande amore.
Giurai a me stesso che avrei fatto "qualcosa"…

Alcuni giudizi

Questo breve racconto rappresenta uno dei più mirabili passaggi dalla materia alla libera serenità dello spirito. Commetterebbe un grave errore chi lo leggesse soltanto come la storia disperata di un folle, solo perché ha come forza propulsiva il cuore e non l'intelletto.
Dr.ssa Rosaria Di Clemente
Psicologa – Psicoterapeuta
Cattedra di Psicologia   Collaboratrice
alla cattedra di Psicologia dello Sviluppo
Università Suor Orsola Benincasa di Napoli

Si tratta, a mio avviso, del più luminoso e suggestivo esempio di viaggio nell'irrazionale.
Dr.ssa Valeria Rinaldini
Psicologa – Psicoterapeuta
Dirigente ASL Napoli Sud
Membro del Direttivo Società Scientifica

È la descrizione più avvincente che abbia mai letta della trascrizione in parole di pensieri, emozioni, movimenti intrapsichici e suggestioni.
Dr.ssa Mariangela Comito
Psicologa – Psicoterapeuta
Esperta di Psicologia del Trauma

Collegialmente riteniamo che tali avvenimenti psichici siano stati dall'Amoruso, in "qualche modo" profondamente vissuti.

Ciascuno di noi, se lo vuole,
può leggere in una lacrima,
in un sorriso, in un sogno.

Al mio editore

Questa storia si compone di due parti, avrei dato la mia vita affinché la seconda parte si fosse rivelata solamente notte e sogno per me, e che allo spuntare delle prime luci tutto si fosse dileguato.

Al compimento dei miei primi quattordici anni, l'8 maggio 1947, mio nonno paterno, nonno Carlo, mi regalò il mio primo libro importante: l'*Apologia di Socrate*. Ne feci tutto un boccone. Sarà stata l'indigestione, o il fatto che mi ero abituato a tenerlo sul comodino e dedicargli sempre gli ultimi istanti della giornata, da quelle prime notti, già sognatore inveterato, mi trovavo immerso in questo nuovo scenario: Socrate, sempre elegantissimo nella sua tunica ricoperta in parte dalla clamide pendente dalla spalla sinistra e rigorosamente a piedi scalzi, che dialogava con i suoi discepoli, lungo la discesa che dal Partenone conduce giù al Pireo. Naturalmente il problema della lingua non si poneva (qualche studioso saprebbe certamente spiegarselo). Del resto era soltanto apparenza il fatto che Lui avesse vari interlocutori, in realtà, ne aveva uno solo, era un continuo colloquio con sé medesimo.

Dunque, scrittore sognatore (il regno dell'irrealtà?).

Se volessi ricostruire fin dall'inizio questa storia, avrei un esordio difficile, perché verrei a trovarmi, prima ancora di scrivere una sola parola, di fronte a un ostacolo grave: determinare con precisione, magari anche relativa, il punto di partenza. È possibile mai datare tutto questo quando ancora non ero nel ventre di mia madre? È addirittura pensabile che tutto abbia avuto origine quando ancora non ero nemmeno nei "pensieri" di mio padre? (Aveva già otto figli). La qual cosa, come più avanti vedremo, ci porterebbe all'epoca dell'episodio di Roma (che dovrei spiegare prima a me stesso) e a quello altrettanto stupefacente di Giuseppe Moscato (Peppino per i miei genitori), medico e libero docente a Napoli (1880-1927) molto popolare per le sue doti di carità (all'epoca era in corso la pratica di beatificazione). Non potrei non ricordare un episodio raccontatomi da mio fratello Carlo (primogenito col nome del nonno): non pretese mai l'onorario, e quando una volta mio padre per sdebitarsi in qualche modo gli regalò uno di quegli antichi grammofoni a manovella, lo riportò al rivenditore, e fattosi restituire l'importo pagato, lo portò a mamma dicendole: "Tieni, Tinuccia, usali per i tuoi figli". Attualmente è santo (i suoi resti mortali sono stati riposti nella chiesa dl Gesù Nuovo a Napoli, sotto l'altare della Visitazione, nell'urna scolpita dal prof. Amedeo Garufi).

Ricercare un inizio da un tale punto di vista è un'impresa disperata, ed è uno dei tanti motivi per cui non mi è stato agevole ricondurre gli elementi di simili sogni sotto le regole di una logica del tutto coerente. Potrei usare ulteriori precisazioni appartenenti però al regno della fantasia, che, seppure più o meno ingegnose, risulterebbero arbitrarie, e quindi avrei dovuto arricchirle di significati che originariamente non possedevano. Si tratta, per lo più, di una pluralità di frammenti non separati tra loro, come a prima vista sembrerebbe, ma confusi insieme per virtù dell'amore che li riunisce. Eppure, a guardare al di là delle apparenti differenze nella tematica, ci si accorge che nello spirito che le anima, le varie parti rivelano significative connessioni, ciascuna delle quali, a sua volta, può offrire un tema al lettore nella misura in cui forma un'unità a sé stante.

Non ho dimestichezza con le cose adatte alla pubblicazione (i casi della vita sono vari e individuali, e anche a prezzo di qualche incongruenza logica, non ammettono regole). Risulta evidente che quando vi sono delle regole da rispettare, la nostra mente non si esprime più in libertà. Questo mio punto di vista è compendiato nella sentenza dantesca secondo la quale: "ogni erba si conosce dallo seme". Certo, avrei potuto mettere dei titoli ai vari capitoli, ma ne sarebbe risultato una sorta di riassunto inopportuno, perché prematuro di ciò che viene più ampiamente svolto in seguito che sarebbe stato un peccato riassumere brevemente. Ricordo ancora le parole che adoperai nel mio primo racconto: "Questo non è un romanzo, né ne ha la pretesa. Questa è la storia di un lungo sogno profetico di un piccolo scugnizzo napoletano". Il sogno dovette protrarsi per non meno di sette anni (così credevo), ma se è come penso, e in certi momenti ne sono quasi sicuro, si è portato via cinquant'anni, facendo diventare di colpo così breve il tempo che mi rimane, da non potermi permettere di sprecare più nemmeno un minuto. Non scorderò mai le parole del nonno: "non mentire mai al lettore, tutto deve apparire naturale, il lettore resterà insoddisfatto se intuisce di essere stato manipolato".

Sono trascorsi invece, sessant'anni a passa, e al compimento dei mie primi settantacinque anni, nell'offrirla al lettore, ho dovuto sostituire, ahimè, una sola parola: "questa è la storia di un lungo sogno profetico di un 'vecchio' scugnizzo napoletano". Anche se, per la verità, ho usato qua e là qualche mio intercalare, qualche piccola parte di capitolo di vecchi mie scritti, perché mi era parso che non rispondessero più al mio modo presente di intendere la dibattuta questione: nascere – morire (si trattava di indagare sulle cause della vita e della morte) che hanno eccitato l'immaginazione dei primitivi con l'apparenza di torpore della vegetazione durante l'inverno, e nel prodigioso risveglio a primavera, ha trovato il suo simbolo nella vicenda della morte e della resurrezione. Ma soprattutto, di indagare sulle parole di quel vecchio religioso indiano, secondo il quale, quando un'anima abita un corpo imperfetto, questo è determinato dalle sue azioni in una vita anteriore, e svelerebbe addirittura il mistero delle parole di Cristo: "Non toccate Caino". Certo, in un campo come questo, dove l'opposizione tra scienza e opinione è stata fissata dal pensiero greco con tratti indelebili (l'una concerne il vero, l'immutabile, l'eterno, l'universale; l'altra il probabile), sembra perlomeno plausibile accettare che l'idea di una sopravvivenza, di un risveglio umano dopo la morte, siano state suggerite dalla morte e dalla resurrezione della natura vegetale nel corso delle stagioni.

Ogni storia è sempre, in un certo qual modo, una storia delle storie, è una pia illusione che si possa affrontare a cuor leggero senza passare per le tradizioni e le prospettive altrui, che le hanno riportate fino a noi. Pare che certe cose capitano sempre agli altri, poi una notte (di notte il telefono è quasi sempre foriero di cattive notizie) ti accorgi che tra gli altri, vi sei annoverato anche tu. In fede, è un racconto nuovo quello che offro ai lettori. Con tutto il rispetto che sempre serberò per mio nonno, ho aggiunto che anche una menzogna, quando è detta a fin di bene è verità, e la verità, vera, ce la porterà il vento: *Il giorno che dovremo "perdere"*.

Al mio lettore ideale

Amico lettore,
ricorrere al mondo delle parole per qualcosa che va molto al di là di tutto ciò che si può descrivere non è cosa da poco, e dal momento che non esiste un tipo di storia adatta a tutti i tipi di lettori, sarebbe preferita la parola parlata che prevede il dialogo, pur riconoscendo che la parola scritta e quella parlata sono la stessa cosa, sia l'una che l'altra, sono precedute da una rappresentazione mentale che si svolge internamente, come un dialogo con la nostra anima – volontariamente o involontariamente – fino a raggiungere quell'opinione a cui tutte la altre dovrebbero essere subordinate prima di essere scritte, o rivelate con la voce. Ma non credo che valga la pena di contendere sui nomi a proposito degli argomenti che seguono, mentre l'errore di annettere scarsa importanza alla precisione terminologica, è tutto mio.

Socrate evitò rigorosamente di mettere per iscritto le sue dottrine, lasciando che fossero altri a pubblicare il contenuto delle sue lezioni. Per i posteri si adoperò il suo discepolo prediletto, Platone (Aristocle). (Platone era soltanto il soprannome affibbiatogli dal suo allenatore sportivo dal momento che era piuttosto aitante. Praticava il Pancrazio, una sorta di lotta e pugilato). Dunque, fu proprio Platone a perpetuare il ricordo del maestro e rivendicarne l'altissima figura di filosofo e di uomo giusto e dabbene.

La mia fonte di ispirazione è alquanto diversa, anche se si evidenzia come un'individualità ingenua, propria delle credenze popolari, che non hanno nulla in comune coi serrati argomenti degli scrittori professionisti dalle capacità di suggestione certamente più immediate e che, con la loro maestria stilistica, riescono agevolmente a superare le insidie dell'arida logica. Non ho mai negato il prestigio dei grandi scrittori, ma mi piacerebbe ricordar loro, in ossequio alle parole del nonno, che prima di ogni altra considerazione viene la difesa della verità, e che un libro deve prorompere dal cuore, deve scaturire dalle viscere, si deve sentire perfino negli organi genitali, maschili o femminili che siano, e deve essere un completo appagamento prima per chi lo scrive, altrimenti nel futuro non proietteranno un bel niente, quindi si rimboccassero le proverbiali maniche, e si dessero da fare (basti pensare quanta inedita ricchezza d'immagini e di azioni è solitamente racchiusa appunto nelle ingenue manifestazioni dell'anima popolare, che non va tradita. Mai). Altrimenti ben vengano, cento, mille maestri d'Orta coi loro alunni di Arzano, se ci fanno prendere un libro in mano da gustare e da leggere fino in fondo, suscitando la voglia di succhiarne anche il midollo. (D'altra parte non posso non rilevare che dal punto di vista squisitamente letterario, la mia storia è piuttosto... insolita). Rivendico a me (espressione con cui nel mondo antico romano, si affermava il diritto di proprietà di una qualsiasi cosa) ogni errore o orrore, è opera mia.

Altra cosa è, invece, quando è di una verità che si parla, quella verità che si afferma su ogni presunta affermazione della verità, che non ha bisogno di chi ne fornisca la prova, perché tocca i sentimenti, ed è utile in quanto in essa si manifesta la forza della natura che non ammette compromessi con la nostra coscienza, e in cui non ci sono finzioni che tengano.

Se ognuno di noi, riflettendo attentamente, si chiedesse che cosa è mai questa verità, si accorgerebbe che quanto più è facile averne un'idea generale, un'immagine, una semplice sensazione, tanto più gli sarebbe difficile definirla.

Parlando dei luoghi in cui ho vissuto le mie più incredibili vicissitudini, non posso non ricordare la Calabria. L'estate in Calabria ha qualcosa di magico, i suoi abissi profondi hanno ospitato mostri, Scilla e Cariddi, ma da lì sono riemersi pure i bronzi di Riace, e le sue terre ospitano tuttora i fiori e i frutti più belli. Nelle calde giornate di agosto, qualunque cosa vi può accadere, anche un miracolo, anche che l'anima di un bambino "mai nato" il cui visino, come volesse farsi notare, si materializzi in una nuvoletta dalle strane forme di animali, illuminando questo strano mistero, chiamato pure spirito, o sostanza immateriale che si manifesta. In definitiva, dov'è il vero, e dove l'illusione? Dobbiamo dunque ammettere una realtà visibile e l'altra invisibile? E quando parliamo di realtà invisibile la intendiamo rispetto alla natura umana? L'anima è invisibile? E io come ho fatto a vederla? E Anito e Meleto (gli accusatori di Socrate di cui leggerai più avanti)? E per i cani? Sia randagi che domestici, come la mettiamo? Nel prosieguo di questa storia, non mi rivolgerò ad alcun particolare tipo di lettore, farò i mie ragionamenti *in primis* per me stesso, una sorta di vaniloquio tra me e me, senza naturalmente negare a te l'utilità che potresti ricavarne. Mi è capitato che i vari tipi di parole, o un pensiero, mi si tramutassero in visione. Io "qualcosa" l'ho visto, anche se non ho avuto il tempo per vedere abbastanza perché di colpo mi si è spenta la "luce" e, come si sa, al buio le cose e i colori smettono di esistere, scompaiono. So bene che non basta vedere ma che in certi casi occorre saper vedere gli oggetti delle visioni, coordinarli, distinguerli, è questo il segreto: bisogna osservare bene quel che si guarda. La maggior parte degli uomini non lo fa. Anch'io non sempre sono stato capace di farlo nel momento cruciale, questo è il mio cruccio. Che cosa ha visto zio Michele che non doveva vedere? Credevo di aver dato impropriamente la qualifica di poeta a Michele, ma come ben sappiamo la poesia è creazione, tutto ciò per cui qualcosa passa dal non essere all'essere è poesia e, quindi, ogni attività creativa è poesia. (La parola poesia deriva dal greco "poièo" che significa "fare, creare". Da qui, ogni attività creatrice, ogni opera umana, è poesia. Soltanto alcuni anni dopo, sbirciando tra le numerose diapositive e gli innumerevoli filmini che mio figlio Antonello aveva girato nel bosco della Sila, mi accorsi della presenza di una "persona" che guardava zio Michele con sguardo torvo. Quale aberrazione mentale ha fatto sì che io non potessi guardare in viso mio figlio Andrea, né quando nacque, né quando... e "qualcosa", ancora sconosciuta alla scienza, si trasforma in destino.

Quando i vari tipi di parole, o un pensiero, mi si tramutano in visioni, ciò che rende possibile una tale realtà rimane ancora legato al ricordo di una vita precedente, ossia della scienza ricavata per reminiscenza (ma questo è un nervo scoperto e la questione è al di sopra delle mie forze). Del resto, basta riflettere sulla maieutica di Socrate, essa mira a estrarre dalla mente dell'interlocutore la scienza che già vi preesisteva. Platone ci dà una prova di questa scienza con un esperimento: egli introduce sulla scena di un suo dialogo, *Il Menone*, uno schiavo completamente ignaro di matematica e, per via di abili interrogazioni, lo pone in grado di risolvere un difficile problema di geometria. Risultava così, in quel modo, che la sua anima era già in possesso di quel sapere che vi preesisteva, e che non era frutto di una sua acquisizione. Che altro può significare se non l'avere memoria di un sapere già posseduto in una vita precedente, e quindi dimostrare così l'immortalità dell'anima, almeno nella linea regressiva che affonda nel passato? Non vi è altra possibilità, e Platone lo ha dimostrato, che essa non ha una durata segnata dai limiti della vita umana, ma è come un sacro deposito che si perpetua oltre la nascita e la morte degli uomini. In Italia l'anello matrimoniale, la fede, è detta anche "vera". Fede, nel mio caso, significa essere stato tanto preso da un "caso" da assumere "fede" nella sua "vera" esistenza. Per conto mio, anche una parziale affermazione, quando non la si spaccia per verità totale, è verità. Ricordando che nella fede, come in amore, la ragione non è contemplata.

1

Quanto leggerai in queste pagine è molto distante dai confini del ragionevole per la sua inverosimiglianza. I fatti incredibili, fittizi e reali, dal momento che sono impossibili a dirsi – non sono pochi quelli che si possono cogliere soltanto con la ragione e il pensiero, e non con la vista (ma questa scienza sembra non sia stata ancora scoperta) – sono descritti sotto forma di "pittura alternativa" (avevo sempre pensato che fosse più creativo dipingere quadri che scrivere libri), per evitare di essere tacciato per matto o visionario. Anche se, gli stessi nomi di persone o cose, nella loro forma espressiva sono degli autentici dipinti (forse sarebbe il caso di esaminare che chi scrive è in un certo qual modo anche pittore). Anch'io mi ci ero cimentato, ma la mia era una sorta di pittura in prospettiva, soltanto vista da lontano sembrava voler dire qualcosa. I fatti reali, in modo particolare proprio quelli che sembrano far parte di una mente sconvolta dalla schizofrenia – ogni intervento della divinità nella vita interiore dell'uomo ne altera la coscienza – per quanto paradossali ti possano sembrare, potrebbero benissimo essere andati così, in questo modo, superando ogni più fervida immaginazione. Il compito che vorrei affidare ai mie lettori – beati coloro che riusciranno a leggere anche le cose non scritte – presentando questo libro dal titolo quanto meno, sibillino, *Il giorno che dovremo "perdere"*, è quello di cercare di spiegare, attraverso la lettura di questo racconto di… fantasia? eventi già verificatisi, e altri che non sono ancora accaduti, ma che a una semplice induzione filosofica ("Studia il passato se vuoi prevedere il futuro", Confucio) potrebbero rivelarsi essere cose non troppo distanti dalla realtà. So bene quanta incredulità e quale specie di credito si concede a storie simili, ma io non ho alcun motivo per affermare il falso, assai più delle mie asserzioni, sarà la loro stessa coerenza a dimostrarlo. Puoi ritenerli, se vuoi, una soluzione più o meno suggestiva di misteri insoluti, di fatti veri o probabili, ricordandoti però che anche la scienza ufficiale ricorre molto spesso a teorie probabilistiche. Quand'anche le cose non fossero andate così come prospettate, se avessi avuto la spudoratezza di mentire su un argomento che tanto mi addolora, e l'avessi fatto a fin di bene, mai menzogna sarebbe stata più utile di questa (in ultima analisi concedimi almeno il beneficio del dubbio, vedrai, il tempo è galantuomo). In tale prospettiva, tu che leggerai queste pagine all'alba del terzo millennio, avrai un metro di valutazione più credibile del mio stesso, vecchio amanuense, intento a scriverle nell'anno 1992, o giù di lì.

2

Avevo un fratello nato circa nove mesi prima di me, si chiamava Guglielmo. Non l'ho mai conosciuto "personalmente", morì a otto anni. Mia madre volle che sulla lapide vi fosse incisa solamente la data di nascita: agosto 1932...

3

La perdita di un figlio giovane è contro natura, è la fine di tutto. Non c'è santo, non c'è Madonna, non c'è cielo che tenga, è troppo tardi. Però...
Quanti si interessano soltanto a ciò che è razionale, sono portati a non dare alcun valore a fatti soprannaturali che a rigor di logica non dovrebbero accadere (e tuttavia accadono): ricordi, lacrime, sorrisi, sogni – quei tipi di sogni che la gran parte di noi vive con maggior intensità rispetto a quando siamo desti – da non confondere col sonno, perché è proprio quella la fase in cui siamo più vulnerabili a "qualcosa" che fa sì che noi non ci ricordiamo, al risveglio, la vita passata, come se ci fossimo abbeverati al fiume Lete (dal greco "oblio"), fiume al quale, secondo Platone, le anime destinate ad entrare in nuovi corpi si abbeverano prima del risveglio. È appunto il sogno il leitmotiv dell'intera vicenda che ruota intorno ad un enigma in una favola, essa termina senza alcuna conclusione per dar modo al lettore di trarla da sé. Questa

conclusione, o meglio ancora questa assenza di conclusione, sottolinea l'esistenza della necessità di una ricerca continua e instancabile, che dovrà delinearsi non come descrizione di ciò che è stato, ma come esigenza di sapere come è stato mai possibile, (le vicende di questo libro possono essere a tale proposito emblematiche), ricordando che il giudice delle favole è il tempo e che il suo giudizio è inappellabile. Per fortuna la sopravvivenza di una favola non dipende mai dal giudizio di un sapiente.

4

Dopo circa sette giorni dall'atrocità che non oso nominare, per due notti consecutive Andrea mi venne in sogno, pregandomi di andare a saldare un conticino presso la fioraia che si trovava in via Tino di Camaino, all'angolo del Teatro Acacia. Preferii non farne parola con mia moglie perché aveva sempre desiderato sognare nostro figlio ma non vi era mai riuscita. La terza notte dovetti parlare nel sonno perché all'alba mi chiese: "Cos'è questa storia dei fiori?". Stavo per risponderle: "Di quale storia parli?". Ma ricordandomi che quando questi tipi di sogni diventavano ricorrenti, avevo solo due modi per liberamene, metterli per iscritto o raccontarli a qualcuno, presi la palla al balzo e le raccontai il sogno fatto. La cosa finì lì. Già...

5

"Disperazione" è soltanto una parola? Chi è non conosce la gioia, l'amore per i figli e anche l'abnegazione, i sacrifici e le trepidazioni che si provano per loro, e quando il cuore si affolla di troppi ricordi da scoppiarti nel petto, quando incominci a vedere il mondo come attraverso un caleidoscopio impazzito perché le lacrime ti velano gli occhi, quanto sollievo e quanta tenerezza si prova nel piangere di nascosto? E quando la tua anima non ha più nulla a cui aggrapparsi e si rivolge al cielo, ma s'accorge che è troppo tardi perché la preghiera possa esserle d'aiuto, quando tutto questo ti sembra un tormento insopportabile, l'idea del suicidio ti accarezza la mente in modo così lieve da sembrare una carezza divina. Anch'io mi ero messo in testa che un giorno o l'altro mi sarei tolto la vita. La scelta di vivere la devo a uno di quei misteri insondabili che spesso accadono all'ultimo momento. Nel mio caso, se mia moglie avesse tardato ancora un solo secondo, non avrei ingrossato la casistica dei vari tentativi di suicidio non consumati. Il gabbiano è stato bellissimo, no, non l'ho chiamato io in scena per farmi distogliere dal proposito... la scienza dice che "casi" come questo non esistono, e che se uno vuole fare una "cosa", la fa, non è il "caso" che gliela fa fare, o meno. Ed io non posso che prenderne atto. Però...

6

Una mattina (ero solo in casa) dopo tanta premeditazione era giunto il momento. Provavo un senso di vergogna per quella calma assoluta che mi faceva gettare alla ortiche, per non nominare il diavolo, il mio senso di responsabilità (ah, se solo per un attimo avessi considerato che tutto sommato ero un nonno felice, ma contro certe "decisioni" non ci sono considerazioni che tengano). Avevo predisposto le cose affinché la mia improvvisa "dipartita" non avesse causato troppi disagi (avevo anche scritto un bigliettino a mia moglie e ai mie figli: "Per favore, non piangete, sono felice così, appena potrò mi farò 'vivo', vi voglio bene". Ma lo strappai, avrebbero capito lo stesso). Uscito sul balcone, mi trovai come sospeso in modo irreale tra cielo e terra, e tutto ciò che fino a quel momento mi aveva legato alla vita, i volti delle persone care e perfino le mie stesse membra, persero ogni consistenza, come fossero coperte da un tremulo velo di evanescenza, di follia, mentre la mia mente si trovava a faccia a faccia con il crudele desiderio della morte. Mai la collina dei Camaldoli che avevo di fronte mi era sembrata così arcigna da farmi tremare le gambe. Iniziai una silenziosa preghiera che interruppi alle parole: "Sia fatta la tua volontà". Quanta influenza abbia avuto sulla mia "vicenda" non saprei dirlo. Ma, ormai era tutto deciso, pensai: "Conto fino a tre", e... un sibilo curioso proveniente dalla destra, da piazzetta Arenella, mi distrasse, facendomi pensare: "Perché contare fino a tre, quando il mio numero fortunato è sempre stato il sette?".

7

Ripresi lentamente il conteggio, soffermandomi soltanto un tantino fra un numero e l'altro (non certo per paura, la paura in certi frangenti è fuori luogo), al sei, alzai gli occhi al cielo, come a volte fanno stranamente i ciechi quando camminano, difatti niente vedevo, quando un soffio di aria gelida mi sfiorò una guancia, mentre cercavo di mettere a fuoco quell'immagine che mi tremolava negli occhi dal lato destro che in una sorta di deliquio mi sembrò essere un grosso pipistrello. Non avrei saputo immaginare niente di più minaccioso e di più mortale di quell'ombra nera che si avvicinava a velocità vertiginosa dandomi l'allucinante impressione di un enorme bestia nera cieca e infuriata. Riuscii solo a pensare: "Dio, abbi pietà", quando, nell'attimo stesso in cui incrociai quegli occhi di fuoco, il mio viso, come fosse stata una maschera di gomma, cominciò a contorcersi. Dalla mia bocca, con un timbro di voce che non riconoscevo per mio, tanto era rauco, presero a uscire turpitudini di una tale lordura, che io stesso mi meravigliavo di conoscere, anzi, molte di quelle scurrilità, perché proprio di volgarità si trattava, per quanto scugnizzo fossi stato da ragazzo, non ne conoscevo nemmeno il vero significato. All'improvviso, un puntino luminoso proveniente dalla mia sinistra, dalla parte del mare, mi distolse con la sua realtà da ogni farneticazione. Quella visione celeste – che tale m'apparve in quel momento – si rivelò essere un piccolo gabbiano quasi implume, che remigava disperatamente contro il vento malefico che scaturiva dalle alacce di quel mostro nero.

8

Stavo interrogandomi (ogni titubanza, seppur inconsapevole, era ben accetta in quel momento) su quale poteva mai essere il nesso che legava quell'apparizione al fatto che mio figlio Andrea avesse quasi preteso che leggessi il romanzo *Il gabbiano Jonathan Livingston*, e, mentre mi chiedevo se un'allucinazione poteva essere contemporaneamente visiva e acustica e un pericolo incombente dare una sensazione piacevole, udii alle mie spalle mia moglie che diceva: "Sono andata dalla fioraia". Gli occhi mi si spalancarono fin quasi a uscire dalle orbite, in quelle condizioni non potei girarmi (non avevo mai saputo nascondere niente). "Sono andata dalla fioraia", ripeté, "c'era una noticina in sospeso: Andrea Amoruso, numero 21 rose rosse inviate a Loredana Palumbo, lire 21.000". Mentre frastornato mi girai e i nostri occhi si incrociavano... "Che stavi facendo", urlò, e mi abbracciò, ci abbracciammo, così rabbiosamente (semmai un abbraccio può definirsi rabbioso), da far cessare quella stupida convulsione che ci aveva presi, trasformando quella specie di grave sogno in una beatitudine sovrumana. Capimmo in quell'attimo che il messaggio che tanto agognavamo, era giunto.

9

Eccolo qui di seguito l'enigma, il rovello che mi ha dannato l'anima per sette giorni:
Nulla il cielo ai cuori nasconde se innalzarsi aspirano,
nulla agli occhi nasconde.
Il mondo oscuro, divino comando, rischiara al chicco
La luce regale del sole fervente.
Di sciogliere ogni dubbio è caro al grano

e a Lui che lo creò. Non piangere quando,
benché immortale, un angelo muore.

10

Dopo che per tanti secoli i filosofi hanno preferito sorvolare sulla problematica scienza-fede (tutto il divenire è eterno ed è a disposizione delle menti che sono attente a recepirlo). È tempo ormai di risalire a domande più alte: Quale magica dimensione ha la vita che sfugge al rigido controllo della razionalità?
"Crescete e moltiplicatevi", come si concilia col peccato originale?
Come, o perché si producono certi prodigi?
Perché alcuni sì e altri no?
Vi è differenza fra la scienza rassegnata a ciò che nasce e muore, e l'altra rivolta a ciò che non nasce né muore?
Tra l'essere umano e l'Iperuranio (lo spazio al di là delle sfere celesti in cui avrebbero sedi le idee) esiste qualcosa? (Gli scolastici amavano un'espressione semplice e straordinaria a un tempo: *aliquid est*).

11

In considerazione del fatto che sono possibili molteplici concezioni, a nessuna delle quali si possono negare aspirazioni spirituali, queste pagine prescindono da ogni teologia particolare per cui il nome di Dio, nelle varie raffigurazioni, non ha nessun significato specificamente religioso ma sta a indicarne il carattere permanente ed eterno, che ben si addice a ciò che non nasce e non muore, ma, come principio della vita, presiede al nascere e al morire.
Art. 12 della Dichiarazione universale dei diritti dell'uomo del Consiglio Islamico d'Europa, 1981: "Ognuno ha il diritto di pensare e di credere ciò che vuole, e dunque di esprimere il suo pensiero e la sua credenza, senza che nessuno vi si intrometta o

glielo proibisca, sempre che ciò a avvenga entro i limiti generali stabiliti in proposito dalla legge islamica"

Ogni intellettuale che socializza o partecipa a incontri con infedeli, agli occhi degli islamici è un apostata e un traditore.

Quale dialogo, in tale clima di intolleranza, di paura e di odio?

Quali possono essere gli "strumenti" per un dialogo efficace?

12

Avevo da pochi giorni completato l'ennesima stesura "definitiva" di queste pagine – contrattempo dovuto al continuo avverarsi di alcune mie sensazioni per le quali fui deriso a Erice – quando avvenne la spaventosa tragedia delle Twin Towers. Non voglio dire che in certo qual modo essa vi aleggiava, ma quante volte le abbiamo viste nei film queste catastrofi? È sufficiente andare al cinema per sapere cosa ci riserva il futuro? Alla viva sensazione che la fine del mondo fosse prossima, indipendentemente dalla profezia dei Maya, mi sono posto delle domande: "Si può uccidere in nome di Dio? In nome di Allah? È sufficiente l'arma della dottrina per combattere tali empietà, o cos'altro si può usare, cos'altra si deve fare?".

"Religione" è una parola splendida e nel contempo terribile. Da che mondo è mondo e da che l'uomo ha acquistato la sua dignità di uomo, le religioni hanno saputo infiammare le coscienze, dare una motivazione alla loro esistenza. Ezra Pound sosteneva che: "Se un uomo non è disposto ad affrontare qualche rischio, o la sua fede non vale niente, o non vale niente lui".

"L'ultima era, si vedranno nascere buoi con facce di uomini, busti umani con teste bovine e forme miste di maschi e femmine".

"Soltanto dal terzo millennio l'uomo comincerà a dubitare della sua infallibilità" (Aristotele, 384-322 a.C.).

Marzo 2008, Università degli studi di Newcastle: "Creato primo embrione uomo-animale". (Ci siamo?).

13

Fatti questi doverosi brevi distinguo in merito alle barbarie mondiale, cercherò di tornare al seguito della mia "narrazione", come meglio posso, ripartendo proprio dal punto in cui l'avevo lasciata, e cioè dal pronome "qualcosa". A sentire alcuni sapienti noi usiamo il pronome "qualcosa" per abitudine e per ignoranza, ed esso andrebbe eliminato da ogni discorso serio. (È proprio per l'ignoranza che manifesta, più che per la menzogna che contiene, che una simile affermazione è offensiva). Generalmente, quando la scienza è chiamata a intervenire su faccende inspiegabili, trova "quasi" sempre la sua giusta spiegazione. Vedi per esempio il fenomeno della pareidolia (dal latino "apparizione"), quel meccanismo psicologico che induce a vedere forme di animali o volti umani nelle nuvole, nelle macchie di umido sulle pareti, oppure in quelle macchie nere che ti fa vedere lo strizzacervelli, in cui c'è chi vede ragni, chi pipistrelli, chi altri volti santi, chi addirittura la Sindone, che molto spesso dà origini a vere e proprie psicosi collettive. Mentre è giusto che gli scienziati si servano del metodo delle analisi, le ricerche però non possono esaurirsi in esso, per scansare la fatica intorno a quei fenomeni che si generano quasi quotidianamente. L'insegnamento del passato e la cronaca di tutti i giorni ce ne danno ampia documentazione. L'uomo illuminato è colui che percorre la via interamente, apprendendo sia la verità ben rotonda, come le opinioni dei fallaci mortali (Parmenide).

14

La scienza del terzo millennio dovrebbe saper esprimere una ipotesi, lasciare sempre uno spiraglio, un dubbio, un'apertura ai "misteri" (so bene che l'evidenza in questo campo è un concetto discutibile e che non si possono chiedere prove, a meno che non si accetti come prova che persone di razze diverse e di religioni diverse, distanti tra loro migliaia e migliaia di chilometri, al momento del trapasso hanno tutte quel genere di sensazioni che sembrano ricordare l'esistenza di leggi preposte a sovrintendere a quei particolari momenti della vita di cui ne scienziati, né filosofi, ne hanno soltanto lontanamente prevista l'esistenza. (Dietro a questa teoria esiste un substrato scientifico costituito dalle scimmie della Bolivia, del Cile e del Perù che avevano imparato a lavare le patate nell'acqua di mare per renderle più saporite. E fosse niente, il caso che ha fatto ammattire i sapienti è stato l'aver scoperto che dopo pochi mesi, anche le scimmie dell'intero arcipelago giapponese, quasi mille isole, cominciarono a imitarle).

Per non parlare del "caso" de *I dolori del giovane Werther* e di *Le ultime lettere di Jacopo Ortis*, rispettivamente del Goethe e di Ugo Foscolo, due storie assolutamente identiche, nonostante che i due scrittori non si conoscessero neppure.

Vi sono non poche persone, anche tra i pensatori più scettici, che non sono state toccate da inquietanti semicredenze di carattere così prodigioso che la mente si rifiuta di considerare pure e semplici coincidenze, e che ricorrono alla dottrina del "caso".

15

Ma, in definitiva, cosa vogliono dire caso e coincidenza?

Encicl. Un evento è dipendente dal caso quando non sia possibile prevederne a priori il risultato. In generale quest'incertezza dipende dall'ignoranza sullo svolgimento del fenomeno che determina l'effetto.

Filos. L'ordine del mondo è fondamentalmente razionale, gli eventi insoliti e non normali che ci appaiono casuali, accadono in vista di un disegno divino (Aristotele).

"Il caso altro non è che il frutto della nostra ignoranza che non ha potuto e saputo prevedere da una situazione data, il verificarsi dell'evento" (Spinoza).

"Ciò che per l'uomo è frutto del caso, per la mente divina è solo il risultato di un piano prestabilito" (Bournet).

"Lungi dall'essere una fortuita disposizione di atomi vaganti o frutto del caso, l'essere umano è l'espressione più piena e adeguata della natura di Dio" (Anonimo).

16

Coincidenza: che cosa è mai questa coincidenza? Un'accozzaglia di elementi eterogenei quando è negativa, e un insieme armonico quando è positiva?

Filos. Sintesi che avviene nella infinitudine divina tra tutte le possibili opposizioni (Cusano, *De Docta ignorantia*).

Tutti i possibili e infiniti aspetti formali e materiali dell'universo, sono coincidenti in una sostanza unica, cioè in Dio (Bruno).

17

L'uomo ha in sé il principio divino, non in minima parte, ma addirittura grandissima, verrà in aiuto alla medicina lo studio dell'acqua di mare, dell'ambiente e del proprio sangue, per il raggiungimento dell'immortalità (Ippocrate).
O in alternativa, un'esistenza lunga quanto basta alle sue aspettative, affinché non desideri averne di più.
E quando la vita la vita non è più vita, e la morte non sarà più morte, finiremo i nostri giorni come a volte, vinti dal sonno ci addormentiamo. Evitando così quella medicina, spesso usata per prolungare un esistenza che non merita
più di essere vissuta. Nel qual caso l'eutanasia è un male necessario quando ne evita altri maggiori.
Che nei figli dei figli l'uomo rivive dopo la morte, acquistando una sorta di immortalità attraverso la propria discendenza, è

affermazione sostenuta nella cultura greca, da Esiodo, *Le opere e giorni* e ripetuta da Platone nel *Simposio*.

18

Nonostante le numerose verosimiglianze con l'ambiente misterico delle "stupidaggini paranormali", il proposito di questo libro (almeno nell'aspirazione), è teso a cercare di arrivare a sapere con certezza qual è la verità, e quale il falso, e non quello di istituire una critica nei confronti della scienza ufficiale, in quanto tesi ed antitesi sarebbero altrettanto plausibili, inutili per noi, e non coerenti con se stesse, non gioverebbero a nessuno (va tuttavia riconosciuto che due enunciazioni contraddittorie possono essere entrambe vere, ovviamente, condizione indispensabile è che l'affermazione e la negazione vertano intorno allo stesso argomento).
Quale scienza saprà mai dirmi se arriverò davanti a Dio, o nel nulla? Alla mia morte, è tutto finito? Oppure no? Ecco, questo io vorrei sapere, o forse è preferibile non sapere? "Qui sait si la verité n'est pas triste", scriveva Ernest Renan.

19

Mi sono tante volte domandato, e adesso che è tempo di andare ancora non conosco la risposta, se sono naturali le gioie che mi hai donato, perché nel dolore non mi hai dato il sonno.

20

Gli sportivi, e tanti altri che stanno per affrontare qualche rischio, usano la religione ogni volta che a loro fa comodo. Il tiratore dei calci di rigore si fa il segno della croce, la stessa cosa fa il portiere, questo povero Dio non riesce mai a capire da che parte deve stare. Ora, dal momento che la parata di un pallone – sia pure funambolica – fa gridare: "Miracolo", poiché ad una parata e ad un miracolo si attribuiscono un nome in comune, ciascuno di noi ha finito col farsi un'idea per conto proprio della cosa, mentre bisognerebbe avere uguale interesse a vederci chiaro sulla questione dei fenomeni scientificamente inspiegabili da questo tipo di scienza che alcune cose vede ed altre no.

Non c'è nulla di misterioso nelle forze potenti che tutti noi possediamo e di cui spesso non ce ne rendiamo conto. Tanto per fare un esempio, tutti abbiamo il dono dell'ubiquità (bilocazione), solo che la stragrande maggioranza di noi riesce a realizzarla soltanto in sogno. Capita un poco a tutti quella sensazione di essere già stati in certi posti, pur essendo la prima volta. O di aver già vissuto alcuni avvenimenti (come spesso accade solo nelle leggende), che in qualche modo ci fanno da anello di congiunzione fra passato e futuro. Quel divenire che a volte ci fa provare piacere in anticipo per un bel viaggio programmato, o la prossima possibile nascita di un nipotino non sono tutte sensazioni rivolte al futuro? E qualche altra volta ci fanno addirittura gioire anticipatamente per piaceri che non si avvereranno mai.

21

Ti è mai capitato di andare per la prima volta in una località lontana da casa tua, e chiederti: "Eppure, io in questo posto ci sono già stato?".

Se la risposta è no, è sbagliata. Tutti dobbiamo avere necessariamente il dono dell'ubiquità (bilocazione), anche se la maggior parte di noi riesce a realizzarla solo nei sogni. È questo uno dei più grandi misteri dell'animo umano (nascere-morire) che Socrate definisce "metempsicosi".

Avevo diciannove anni quando andai per la prima volta in vita mia a Roma. Vi accompagnai con la mia auto un amico fraterno (Mario Cervone), studente di giurisprudenza fuori corso da una decina di anni che lavorava come informatore scientifico di una nota casa farmaceutica romana, che all'epoca produceva un prodotto per la cura dell'ulcera gastro-duodenale (se non ricordo male era a base di liquirizia).

Morì a trentatré anni in modo veramente misterioso, almeno per quell'epoca: stavamo in macchia, lui si era voluto sedere dietro per controllare alcune carte, all'improvviso fece una specie di grugnito, e morì (si parlò poi di ictus cerebrale), stavamo attraversando il quartiere San Giovanni, e proprio lì dove Mario mi aveva fatto cenno di accostare, rimasi incantato da una lunga cancellata che recintava una serie di palazzine. Preferii aspettarlo fuori mentre lui si recava all'appuntamento con i titolari della sua ditta. Mi accostai timidamente a uno dei cancelli d'ingresso e rimasi come in contemplazione, e, mentre in un lampo mi attraversava la sensazione che questa scena l'avevo già vissuta, fui inondato dal ricordo, proprio così l'avevo vista quella signorina, quand'era ragazzina, osservandola ebbi un sussulto, mentre lei mi guardava con sguardo assorto imponendo a se stessa di non cedere, di non abbassare gli occhi, mentre accigliata mi sembrò turbarsi (mi aveva riconosciuto, era stata veramente una mia amichetta)? Indifferente, le chiesi del suo papà o della sua mamma, proprio mentre usciva dalla guardiola un signore dall'apparente età di quarant'anni che mi sembrò accorrere in difesa della figlia. Nel presentarmi, e presentare le mie scuse, dopo pochi convenevoli gli chiesi da quanti anni fosse il custode di quel parco. "Vi sono nato", mi rispose. Senza dargli tempo gli posi una domanda a bruciapelo: "Mi sa dire cosa successe in questo parco l'8 maggio 1933?". "Niente di particolare, perché?". Non sapevo cosa rispondergli, non sapevo nemmeno io cosa volevo, quando improvvisamente ebbe come un lampo: "Ah, un momento, non credo che fosse il mese di maggio, però, effettivamente accadde una grave disgrazia, un bambino di sette anni stava seduto proprio su questo pilastrino vicino a noi, fece un movimento falso e cadde rimanendo infilzato sulle lance della cancellata, che in seguito alla tragedia facemmo togliere. Se proprio le interessano i particolari mio padre potrà esservi più utile, un momento fa è andato via di qui, fu lui a soccorrerlo... in qualche modo".

22

Ci avviammo su per un vialetto, arrivati a una biforcazione rallentai il passo rimanendo come ipnotizzato, volgendo la mente ad un qualcosa che doveva trovarsi giù a quella discesina. "Il pratone", pensai. Il mio accompagnatore non s'accorse di niente, aveva già girato dietro a una palazzina quando lo vidi ritornare sui suoi passi e chiamarmi: "Signore?". Mi affrettai a raggiungerlo chiedendo scusa per essermi fermato ad ammirare quelle piante e quei fiori. "Sono l'orgoglio di mio padre".
In quel momento suo padre era seduto su una sedia di vimini fatta a poltroncina a prendere il sole. Aveva i capelli completamente bianchi, ma non era molto vecchio, doveva essere vicino ai sessant'anni. Si alzò per litigare con un muratore che gli aveva resa la carriola e alcuni attrezzi tutti inzaccherati. Era alto di statura e indossava una tuta che era molto elegante a vedersi. Non appena si liberò da quell'uomo, il figlio gli spiegò il motivo per cui eravamo andati da lui. Mi salutò con molta deferenza e in un primo momento si mostrò esitante, quel ricordo lo incupì non poco. "Come ha detto che si chiama? Sa, queste presentazioni affrettate".
"Mi chiamo Enzo", risposi.
"Ah, almeno una cosa buona l'abbiamo tutti e due, anch'io mi chiamo Enzo, lei vive a Roma?".
Lo disse come se volesse essere un'affermazione.
"No, è la prima volta che vengo a Roma".
"Strano, non l'avrei detto".
"Perché dice così?".
"I suoi occhi".
"Cos'hanno di speciale i miei occhi?".
"Li ho già visti, sarei un testimone oculare molto attendibile in caso di necessità, sa. Quando vedo una persona sia pure per pochi

secondi non c'è modo che me ne dimentichi, contrariamente ai nomi, i nomi sono il mio tallone d'Achille, ma nel suo caso... ma no, dunque, accadde proprio il giorno sei, ma non del mese di maggio, e nemmeno nel trentatré, fu esattamente il 6 agosto 1932, mio figlio come al solito non ricorda mai niente. Successe una cosa che ancora oggi se ci penso non possono non venirmi i brividi, quel bambino me lo sono cresciuto io. Dopo la tragedia, per molte notti consecutive sentii la sua vocina lamentevole che mi chiamava: 'Enzooo, Enzinooo...', fummo costretti a chiamare un esorcista. C'erano molte persone la notte del giorno 21 quando convocammo il parroco del quartiere, dopo quella data non lo sentimmo più".

Nel salutarci amichevolmente, Enzo senior mi fece promettere che se mai un giorno fossi tornato a Roma, sarei passato da lui a salutarlo. (L'8 maggio 1933, esattamente nove mesi dopo rispetto al 6 agosto 1932, nacqui io, mia mamma mi aveva concepito il sei agosto notte).

23

Trascorsero moltissimi anni prima che maturassi l'idea di ritornare a Roma, perché mi sembrava una sorta di mancanza di fiducia nei mie attuali genitori, alla fine presi la decisione, anche se erano passati troppi anni e non ero nemmeno sicuro che sarei stato in grado di ricordarmi quel posto. Prima di partire, avevo desiderato fare una cosa che non facevo più da tanto tempo, portare dei fiori sulla tomba di Guglielmo. L'indomani mattina presi il primo treno per pendolari e mi recai a Roma. Presi un taxi e mi feci portare nei pressi del quartiere di San Giovanni facendomi lasciare in periferia. Mentre camminavo avvertii ancora l'identica sensazione che avevo provato tanti anni prima, e l'eccitazione che cresceva. Non sapevo che cosa mi spingeva ad andare avanti, quando, stanco e rattristato, mi sedetti su una panchina ai piedi di un maestoso platano. Nel guardarmi in giro, intravidi qualcosa che mi fece alzare e avanzare lentamente col cuore che mi batteva all'impazzata mentre fissavo trasognato quei cancelli. Era di domenica e il cancelletto pedonale era aperto, attesi ancora qualche istante prima di entrare, poi, tirato un lungo respiro mi decisi, ed entrai. I ricordi fecero subito capolino, ma non mi procurarono alcun effetto. Avanzavo lentamente e per un attimo ebbi l'impressione che "qualcuno" stesse lì ad aspettarmi da tanto tempo, e che mi avesse atteso per tutti quegli anni. Ma non c'era nessuno. Mi avvicinai al vialetto che mi aveva colpito la volta precedente rimanendo in contemplazione per alcuni minuti. Non riconobbi gli alberi, erano cresciuti a dismisura, e nemmeno il pratone, lo avevano cementificato e trasformato in parcheggio con tante strisce bianche che delimitavano i vari posti auto. Mi stavo addentrando in quel viale alberato alla cui sommità i rami formavano una bellissima volta di frasche, quando avvertii una curiosa sensazione dolorosa, prima leggera, poi in maniera sempre più forte, come se qualcuno avesse voluto strappare via una parte di me. Provai a opporre resistenza, ma la mia energia non poteva competere con quella forza, era come se la mia anima si volesse allontanare dal corpo. Fu con l'implorazione ad Andrea che mi sentii respingere dalla stessa forza che poco prima mi stava attraendo, e solo in quel momento mi resi conto che si era fatto tardissimo. stavo per uscire dal parco quando una voce…

"Enzo! Non sei nemmeno passato a salutarmi?".

E mentre mi accompagnava all'uscita mi fece una domanda che mi lasciò impietrito, ma io volevo andare subito via, il mio posto era vicino ai miei genitori.

"Aspetta", mi disse.

"Ci facciamo accompagnare da mio figlio".

Lungo il tragitto rimase muto, arrivati alla stazione Termini scendemmo dall'auto, e senza parlare, mi abbracciò. Ricambiai l'abbraccio e mi incamminai verso la mia carrozza. Salito sul treno, aprii il finestrino per fami porgere un giornale da uno strillone, improvvisamente sentii qualcuno urlare il mio nome. Mi sporsi di nuovo e vidi in lontananza Enzo che correva, quando mi raggiunse non potette salire sul treno perché gli sportelli erano stati chiusi in quel momento. Tesi le braccia e le nostre mani si congiunsero.

"Per favore, Enzino rispondimi, sono vecchio e stanco, dimmi, cosa ricordi della tua infanzia?", poi, mentre il treno si muoveva: "Rispondimi per favore, che cosa c'è tra la vita e la morte?".

Gli mandai un bacio, e risposi a me stesso mentre il treno si allontanava, con i versi di Khalil Gibran, *Il profeta*:

"Ancora un poco, un attimo di quiete nel vento, e un'altra donna mi partorirà". Mi addormentai di botto per la stanchezza, mi svegliò il capotreno mentre in sogno mi stavo ripetendo le bellissime parole di Platone fondate su ragione e verità, che avrei potuto ripetergli, ma rimasero inespresse. "Tutto ciò che accade dalla fanciullezza alla vecchiaia è un nulla a paragone dell'eternità. La prospettiva dell'uomo deve aprirsi anche alla dimensione divina. Tenere conto di questa prospettiva non è debolezza di un vecchio, bensì l'esigenza più profonda di ogni uomo".

Esistono persone, sane o matte che siano, non saprei dirlo, in grado di fare cose che il resto di noi non avrebbe il coraggio di confessare sul serio nemmeno a se stessi e di cui noi altri non siamo in grado né di sottoscrivere né di negarne l'autenticità. Io non ho questo genere di sensibilità, anzi, non ne so proprio nulla. Insomma, mi sono capitate delle cose, punto e basta.

Il terribile fenomeno premonitore che riguarda Andrea si verificò fin da quando portarono fuori dalla sala parto mia moglie: Era spossata, si sforzò di sorridere e mi disse: "L'hai visto?".

"È bellissimo", risposi.

"È stato meraviglioso", sospirò, "non ho quasi sofferto".

"Chiuse gli occhi, e mentre la spingevano lungo il corridoio si mise a piangere.

Non avevo osato guardarlo quando nacque, non ne ebbi il coraggio, un aberrazione mentale mi fece pensare che non si può guardare il volto di Dio. Come non ebbi il coraggio di guardarlo dopo, quando… Sapevo che sarebbe "accaduto" durante il servizio militare in un mezzo corazzato (questa era la premonizione).

24

Aveva diciotto anni quando gli arrivò la cartolina precetto per i tre giorni attitudinali. Con la complicità di un ufficiale medico, lo feci riformare. La cosa buffa, se di cose buffe si può parlare in simili frangenti, fu che dopo pochi giorni si ebbe la notizia che i giovani della classe '62, a causa del terremoto degli anni Ottanta in Irpinia, erano esentati dal servizio militare. Ma che importanza aveva? Ormai l'esorcismo lo avevo fatto (così credevo), e poi chiedere il rimborso della mazzetta sarebbe stato molto problematico.

Aveva circa trent'anni quando una mattina ci invitò a scendere giù nel box per mostraci una sorpresa. Aperta la serranda, mia moglie non s'accorse di niente. Aveva comprato un'auto nuova, ma poiché il colore era quasi identico alla vecchia, dovette fargliela notare:

"Mamma, ma non la vedi la macchina nuova?".

"Uh, scusami", disse mia moglie – non se ne intendeva di auto – "come è bella" (e poi non le amava, era sempre in ansia quando i figli viaggiavano).

"La vedi questa macchina?", disse, "È un carro armato".

Erano le tre di notte quando ci telefonarono i carabinieri di Pinetamare: "Lei è il papà di…".

25

Non ho mai fatto ostentazione di niente, io per primo, non avrei mai immaginato che dopo aver messo giù per tanti anni delle semplici annotazioni, dei ricordi ad uso personale, mai avrei osato considerare l'ipotesi che qualcuno potesse prenderle lontanamente in considerazione, e che questo vecchio scartafaccio ingiallito dal tempo avesse perso un giorno il carattere di banalità e fosse diventato plausibile, acquistando addirittura una dignità letteraria.

26

Devo averlo letto da qualche parte o me l'ha detto qualcuno, non ricordo bene: "Un enigma, per essere veramente tale, deve essere congegnato come un organismo vivente, deve avere una propria testa, un proprio corpo e piedi propri. Il tutto deve risultare in accordo tra di loro". Il mio "enigma", era una vera Babele. Eppure, nel leggerlo e rileggerlo, tornava sempre la sensazione che celasse qualcosa di essenziale che tuttavia non riuscivo a individuare, anzi mi si ripresentava più forte che mai. Stavo per rinunciare all'idea di voler ricordare a tutti i costi, non senza la segreta speranza che un giorno o l'altro fosse accaduto qualcosa che me lo avesse fatto capire, quando, improvvisamente, capii cos'era. Oh Cristo.

27

Qualcosa di inaudito sta per avverarsi, è tempo ormai che io riveli questo mistero straordinario. Non ho mai avuto particolare simpatia per le storie fantastiche e adesso, per quanto imbarazzante mi possa sembrare, mi trovo a raccontarne una grottesca che meglio si sarebbe adattata alla penna di Isaac Asimov. Avevo pensato di vantarmene prima un po' per poi inserire con un artificio didattico (non avevo mai sospettato di essere un didattico, me ne sono accertato consultando un'enciclopedia: una rivelazione, qualsiasi ne sia l'argomento, è sempre didattica). Dunque, prima di inserire, dicevo, la figura del vero eroe di questa vicenda, ma per le molte difficoltà letterarie non ci sono riuscito, e, onore al merito, il vero eroe di tutta la storia è Riccardo (chiamato "cuor di leone" dal fratello maggiore Fabrizio che non poteva proprio accettare che quest'intruso, appena venuto, si chiamasse Amoruso come lui), che al momento della "cosa" aveva quattro anni ed era armato di una pistola giocattolo, ad acqua. Didattica a parte, la cosa più eclatante è stata che per aver sviscerato tutto Platone potrei definirmi addirittura filosofo, dal momento che essere desideroso di sapere, ed essere filosofo, sono la stessa cosa, scrive appunto Platone nella *Repubblica*. Ora, per essere serio, se alla fin fine il fenomeno occorso a Riccardo riveli o meno la spiegazione naturale, potrebbe non essere importante. Se dalla morte Riccardo ha fatto nascere la vita, e il suo significato fosse soltanto quello di aprire il nostro orizzonte di esseri umani su spazi più ampi d'immaginazione, ridestando in noi il senso stesso del significato dell'esistenza, in quel "caso", diventa prioritario accettarlo per quello che è stato, cioè una coincidenza significativa, indifferenti al fatto che abbia o meno (al momento), una valenza scientifica. Come riprodurlo? Ma questo non è certo compito di Riccardo, ma della sua pistola – ad acqua – impugnata possibilmente da mani esperte.

28

Ma cos'è mai l'acqua? H2O, questa sostanza formata da due atomi di idrogeno legati a uno di ossigeno, incolore inodore e insapore che Francesco d'assisi definiva "umile, preziosa e casta"; di cui Aristotele (384-322) ci dice, definendola, sia pure in forma dubitativa "principio", e che egli trasse la sua ipotesi perché ciò che è morto si dissecca. Ora, è naturale, soggiunge lo stesso Aristotele, che una cosa si nutra di quello da cui proviene (tale mito ha offerto a Talete lo spunto della sua concezione, per il tentativo che anche in esso era adombrato, di spiegare la genesi delle cose, dall'acqua).
Vi è infine, nella fisica di Anassimandro, un'intuizione evoluzionistica di tutto riguardo: "All'origine", egli dice, "l'uomo dové nascere da animali di diversa specie perché, mentre tutti gli altri esseri organici sanno nutrirsi da soli appena venuti alla luce, l'uomo soltanto ha bisogno di un lungo periodo di

allattamento, e non sarebbe potuto perciò sopravvivere, se fosse stato fin dall'inizio com'è ora". E immagina che i progenitori della stirpe umana siano stati i pesci.

Pesce: simbolo del Cristo, poiché le lettere del suo nome greco compongono il monogramma: ICHTHYS (Jèsus Christos Theù Hios Sòter), Gesù Cristo Figlio di Dio Salvatore. Ho lasciato volutamente per ultima la sensazione che provai nel mare di Soverato, di nuotare nel mio liquido amniotico (che leggerai più avanti).

L'acqua marina, una volta sottoposta a un continuo ciclo fisico-chimico, è paragonabile al solo liquido naturale dotato di forte individualità: il sangue (A.I. Oparin).

Alcune acque curative dipendono dalla provenienza, dalla quantità di rocce disciolte in esse e dal periodo dell'anno in cui sono raccolte.

L'uomo tollera variazioni comprese tra il 5-10% del contenuto medio d'acqua nel plasma. Scendendo tale contenuto al di sotto del 20%, i tessuti animali o vegetali muoiono.

L'acqua di mare (prelevata in alto mare), opportunamente preparata, viene utilizzata, con iniezioni sottocutanee (da 100 a 200 cc) con funzione stimolante, specialmente nei lattanti.

Euripide in Egitto fu guarito da una gravissima malattia (di cui non se ne conosce la natura), e in quel luogo, cantò: "Lava il mare tutti i mali degli uomini".

29

Una sorta di stupido buonsenso, solo perché molti particolari mi erano stati dati in sogni in cui credevo di essere sveglio, dato che nulla avevano a che fare con l'evanescenza dei sogni, mi aveva impedito di parlarne finora. "Quale prova si potrebbe portare per dimostrare a chi lo chiedesse, se ora, in questo preciso momento, stiamo dormendo e stiamo sognando tutte le cose che pensiamo, oppure siamo svegli e realmente stiamo ragionando tra noi? (Cartesio)".

Per non parlare del timore di suscitare soltanto inutili speranze (che non sia una vana speranza ne sono più che convinto). Forse non tutto è proprio come sembra, com'è vero che a settant'anni e più, anche le persone dalla mente più acuta subiscono qualche piccolo offuscamento ai margini della memoria (anch'io conosco qualche eccezione che conferma la regola), e quando i fatti mi daranno ragione (e mi daranno ragione), smetterete di pensare a me come a un povero vecchio paranoico. Spero.

Altrimenti mi troverei di fronte ad un'ambivalenza tutt'altro che comprensibile: da una parte io sarei schizofrenico-paranoico (come sappiamo questo genere di malati ha delle "visioni"), dall'altra dovrei fare credere al lettore di non aver mai sofferto di delusioni paranoiche, mentre tutti gli esseri umani hanno potenzialmente la possibilità di vivere esperienze di natura mistica che a volte vanno ben al di là di certi limiti, come se fossero in un certo senso, temporaneamente pazzi. (Quando sarò tra i più, risulterà evidente che avevo ragione, e tutto accadrà come doveva accadere).

"La ragione", scriveva J. Derrida in *La scrittura e la differenza*, "si scopre più folle della follia, perché essa è non senso e dimenticanza, e la follia è più razionale della ragione, perché è più vicina alla sorgente viva e silenziosa del senso".

30

Avevo pensato di sottoporre preventivamente alcune mie intuizioni (indipendentemente dalla fonte), ligio al dovere che ciò che ci perviene, sia pure soltanto per caso, è nostro preciso compito, appunto, comunicarlo. Quale occasione più ghiotta del convegno a Erice dei più grandi cervelloni del mondo che si sarebbe tenuto di lì a pochi giorni (non chiedetemi la data, la potrete rilevare da tutti i quotidiani del mondo dell'epoca, ora che leggerete "l'indizio").

Stavo salendo i pochi gradini della funivia che da Trapani porta su ad Erice (bellissima stazione climatica e turistica che si erge con le sue stradine a fortissima pendenza a circa 750 metri d'altezza sul monte San Giuliano), quando una voce da lontano, mi fa:

"Enzino, dove vai così solo soletto?".

"Uè, Salvato', e che ci fai qua?".

Era il mio carissimo amico Salvatore Pera, vice questore di Napoli, mi spiegò di trovarsi lì per sovrintendere al servizio d'ordine in occasione dell'importante convegno dell'indomani, chiedendomi a sua volta cosa vi facessi io, così lontano da casa. Sentito il motivo, si offrì subito di presentarmi il relatore di quell'adunata solenne che proprio quella mattina aveva conosciuto giù a Trapani e che, guarda caso, era proprio un italo-americano figlio di genitori napoletani.

32

Nel Grand Hotel Del Monte ricevetti un'accoglienza a dir poco lusinghiera (di questo non posso aprir bocca), le note dolenti verranno di qui a poco. Mi resi conto subito che la mia dimostrazione, apparendo come un prodigio non umano, non aveva alcuna speranza di ispirare quell'accozzaglia di intelletti ognuno preso dal proprio punto di vista, e che mi trovavo di fronte ad ascoltatori ottusi ed ostili. Ciò nonostante, verso la fine della riunione, il relatore, nel darci l'appuntamento per l'indomani mattina, si congratulò con me in perfetta lingua italo-napoletana, e disse che, a suo dire, avevo fatto un esposizione bellissima, che ero stato molto convincente, e che avevo scosso (proprio così disse), le migliori menti di tutto il mondo. In verità, a me certi risolini erano sembrati piuttosto di scherno e di confutazione, indipendentemente dalla verità o falsità delle mie "argomentazioni" (forse avevo contato troppo sul fatto che alle mie scarse possibilità di relatore avrebbero supplito le alte possibilità degli ascoltatori). So benissimo che quando non si sa dare ragione di certi fenomeni, non è scienza, ma se io, sia pure per caso ho colto nel vero, come potrebbe essere ignoranza? Pur riconoscendo a loro il diritto di confutare, mi sarebbe piaciuto che avessero detto: "Discutiamone, giudichiamo, dubitiamo", invece ci fu soltanto un macché, che indicava una negazione decisa, come dire: "Macché sono tutte falsità!". Ciononostante il mio errore lo commisi (istigato da Salvatore). Mai nei miei cinquant'anni precedenti mi ero "esibito", non avevo mai voluto fare il fenomeno da baraccone; fu lui a spingermi, ("Dai, fagli vedere quello che sai fare").

33

Qui mi tocca tornare indietro di un anno. Fu a quarantanove anni precisi che mi accadde per la prima volta quel fenomeno misterioso meglio conosciuto come "ubiquità" (o bilocazione).
Morii per la prima volta (tranquilli, conservo ancora la cartella clinica dell'ospedale Cardarelli di Napoli). Dunque, la prima volta che la morte mi mise le mani addosso fu con una violenta crisi respiratoria, persi conoscenza proprio davanti all'ingresso del pronto soccorso. Un attimo, eppure in quello spazio di tempo mi passò un'intera vita davanti agli occhi, mi sorpresi però a pensare che in quel momento non avevo bisogno proprio di niente, non mi serviva niente, avevo tutto. "Se questa è la morte", mi dissi, "come sarebbe bello morire mille volte". Mi dovettero spogliare, mentre mi stendevano sulla lettiga, presumo, perché mi trovai completamente nudo nel momento in cui sgattaiolai via dal mio corpo per andare a chiedere aiuto a mio figlio Antonello che dimorava temporaneamente a Qualiano, un piccolo centro alle porte di Napoli. Non mi resi subito conto della mia... posizione, essendo la prima esperienza di quel genere, che avrei potuto tranquillamente valicare la collina dei Camaldoli, o arrivarci istantaneamente in qualche altro modo. "L'inizio di ogni scienza

è l'ignoranza" e se lo diceva Socrate! Seguii tutto il percorso della tangenziale, diciamo così, "volando", itinerario che facevo solitamente con l'auto. Mia nuora era affacciata al balcone, ma ricordandomi che ero nudo, mi riparai dietro ad alcuni contenitori della spazzatura posizionati proprio di fronte a casa loro. Non l'avessi mai fatto, fui assalito da una torma di cani inferociti. Forse fu la paura, meglio ancora l'esperienza ormai acquisita, certo è che il "viaggio" di ritorno fu veramente istantaneo. Fu così che mi trovai a "rientrare" in ospedale, proprio mentre prendevo i soliti schiaffetti, ormai ci avevo fatto l'abitudine. Ho preliminarmente raccontato quest'episodio, perché, per quanto straordinaria fosse stata quest'esperienza, non mi portò alcun inconveniente, Ma quando poi provai a rifarlo per scherzo con gli amici, nella villetta di Salvatore a Pinetamare sul litorale Domizio, rimasi per oltre tre giorni con tanti stiletti conficcati nel cervello.

34

Tornando a Erice.
L'esperimento che mi accinsi a fare (dietro insistenza di Salvatore), per il quale chiesi la presenza di due testimoni che non avrebbero mai potuto fingere o mentire (solo gli uomini lo fanno) non era fine a se stesso, l'avevo pianificato fin dalla partenza da Napoli, esso avrebbe dovuto rappresentare soltanto una scintilla per la salvezza di milioni di giovani in tutto il mondo, dando una risposta alla domanda terribile: "È possibile salvare all'istante persone che subiscono traumi violenti, persone che restano momentaneamente inanimate? Se, sì, come?". Nel mio caso fu un giovane medico.
Ma forse devo ricominciare ancora da un tantino prima, dall'ospedale Cardarelli. Quando rientrai in fretta e furia per lo spavento dei cani mentre il medico col pancione mi dava gli schiaffetti sulla guancia, rimasi fermo all'altezza del soffitto, non sapendo come fare per rientrare nel mio corpo inanimato, nel mio

(per il momento) cadavere. Al giovane medico che assisteva il primario – un ragazzo con gli occhiali molto spessi – si avvicinò "qualcuno" che dalla mia posizione non riuscivo a vedere bene, dopo di che, alzando gli occhi al soffitto mi fece segno in modo quasi perentorio, di scendere e rientrare nel mio corpo. Quel piccolo gesto mi sciolse da ogni titubanza e rientrai nel mio corpo, mi ci tuffai a pesce proprio nel momento in cui il tracciato dell'elettrocardiogramma diventava piatto, e lo stesso medico che mi aveva ingiunto di scendere dal mio "loggione", esclamava: "Via!". Un interruttore attivò due minuscoli cuscini che mi erano stati applicati al torace, ebbi un sussulto, e sul monitor ricomparvero piccole onde regolari. L'infermiera si avvicinò al dottore dicendogli: "In sala d'aspetto c'è la moglie e uno dei figli, stanno arrivando anche gli altri due, non vuole parlare un poco con loro?". "Dopo, dopo, quando la famiglia sarà al completo", rispose mentre l'assistente gli porgeva il camice, il borotalco sterile, e gli infilava i guanti di gomma. Il tempo di sentire le parole: "Mi faccia dare un'occhiata alla terza lastra", e non ricordo più niente. Fu il mio medico curante che fungeva anche da assistente, che mi descrisse gli avvenimenti successivi.

Avevano già sistemato le radiografie sui visori e il dottore notò che l'ombra del cuore era molto più grande del normale. Avevo perduto molto sangue e ti era già stata praticata una trasfusione, altri flaconi erano già pronti per essere utilizzati in caso di necessità. La bravissima infermiera scelse il bisturi adatto e lo porse al medico che si trasformò in una macchina diabolicamente perfetta, mentre chiedeva a un assistente:

"Dottore, mi legga la conclusione della seconda lastra". "Ombra cardiovascolare in forte disordine".

"Va bene, va bene, basta così".

Abbassò il bisturi e praticò un'incisione verticale netta e sottile. Già prima di incidere aveva notato che le vene giugulari erano più sporgenti del normale e che il sangue non defluiva normalmente verso il cuore, la sua diagnosi fu immediata, c'era stato un versamento di sangue nel pericardio (la membrana che avvolge il cuore), e il cuore, così compresso, non riusciva a riempirsi regolarmente. "Tamponamento cardiaco", disse come parlando a se stesso. Aperto il torace, mentre applicava i divaricatori, notò subito che sull'arteria principale che porta il sangue dal ventricolo sinistro si era formata una sacca; risalì velocemente lungo l'arteria, la isolò a monte, chiudendola poi con una pinza vascolare, mentre, come parlando ancora se stesso, sussurrava: "Aneurisma dell'aorta addominale".

In pochi secondi isolò il duodeno che era stato perforato dall'espandersi dell'aneurisma e lo suturò, subito dopo suturò l'aorta. Un tratto dell'esofago era stato strozzato dall'ottava costola, si affrettò e resecarlo recidendo quasi contemporaneamente (come se avesse avuto quattro mani), i legamenti della milza per mobilizzare e liberare lo stomaco collegandolo all'esofago accorciato. Nell'attimo in cui alzò le mani, segnale perché intervenissero i suoi assistenti per ricucire, l'assistente premette il pulsantino del cronometro: "ventisette minuti e sette secondi". Record mondiale? Certamente non cercato, ma connesso al carattere d'urgenza che rivestiva la circostanza. Mentre si sfilava i guanti, non si poté trattenermi (nonostante la lunga esperienza di sala operatoria), e diede l'avvio a un applauso che coinvolse tutto il personale sanitario ed al quale si unirono pure mia moglie e i miei tre figli fuori della sala operatoria che ne avevano intuito il motivo.

Ritornando al tuffo a pesce.
Se non avessi ricevuto quell'invito, sarei rimasto indeciso chissà per quanto tempo, e forse mi sarei deciso troppo tardi. Ecco cosa accade a chi subisce un trauma violento, l'anima (o, se volete, il principio immateriale che dà al corpo la sua sussistenza), scappa via rimanendo confusa per un certo lasso di tempo, facendo venire meno l'animazione a tutti gli organi vitali, quella che noi a volte chiamiamo in un certo qual modo "motilità" (manifestazione motoria negli organismi viventi, sia spontanea, sia determinata da "stimolazioni" di cui se ne conosce

esattamente la natura). Si distinguono vari tipi di motilità regolate dal sistema nervoso cerebrospinale.

Di una sola non se ne conosce la natura perché sottratta (non sappiamo ancora come) al controllo della nostra volontà, per la quale abbiamo scelto, impropriamente, il nome di "motilità volontaria", in cui i singoli movimenti sono il risultato di un atto volontario che avviene dall'interno del nostro corpo.

Cos'è mai quest'animazione senza la quale si rimane "inanimati", se non l'anima?

35

Si narra che un giorno Pitagora, passando accanto ad un cane che veniva bastonato, ne ebbe pietà e pronunciò queste parole: "Basta, non bastonarlo, poiché di un uomo mio amico è l'anima, l'ho riconosciuta udendone i guaiti" (Senofane).

Tornando in albergo.
Il proprietario, un vecchio nobile siciliano con un bellissimo paio di mustacchi, aveva nel cortile retrostante una coppia di Dobermann, neri come la pece, gigantesco il maschio, piccoletta la femmina (la più terribile dei due).
Mandatolo a chiamare da un agente, Salvatore gli propose di fare un esperimento.
Messe le rispettive museruole e opportunamente tenuti a guinzaglio, cominciai ad aizzarli; manco a dirlo la più aggressiva fu la femmina, per forza voleva azzannarmi.
A questo punto io e quattro agenti (quali testimoni), ci ritirammo nella mia camera, mi sedetti vicino al tavolo poggiandovi la testa, come per fare un sonnellino, pregando i poliziotti di non disturbarmi per nessun motivo.
Dopo due o tre minuti di "concentrazione ventilata" (per Platone nell'area lessicale greco-romana l'anima significa "vento", "spirito", ciò che fa sì che esistiamo e senza di cui non esistono gli esseri viventi, e quando quel soffio, quell'alito caldo che

mantiene la temperie del corpo viene a mancare esso si raffredda immediatamente). Senza nemmeno passare per la porta, mi avviai, o meglio la mia anima si avviò giù nel salone, non feci in tempo a entrare che i cani si inferocirono a tal punto che quasi non trovavo il coraggio di entrare. Fattomi animo, mi fic... insomma, entrai. Il colore degli occhi dei due cani diventò improvvisamente rosso, nella mia stupidità ebbi paura, (niente avrebbero potuto farmi) e mi lanciai sulle scale che conducevano ad una tribunetta e di lì (non ricordo il percorso che feci) ritornai in camera mia mentre mi svegliavo da quella sorta di catalessi. In conclusione, la seduta fu aggiornata alla mattina dopo, ore dieci. In tale occasione sarebbe stato opportuno che io portassi tutte le mie pubblicazioni, i miei protocolli e le mie qualifiche accademiche. Queste ultime, avrei voluto dire al relatore, vengono da molto, ma molto lontano, e per chi "crede" non occorre alcuna documentazione, per gli scettici invece, non vi sono spiegazioni che tengano (avrei dovuto parlare di un essere divino che alberga nel corpo di tutti gli umani a uomini di scienza smaliziati e "furbi", in sostanza di misteriosofia, che è la caratteristica dell'anima socratica che consiglia di non agire quando stiamo per commettere una cattiva azione).

36

Nell'attimo stesso in cui mi resi conto che le loro comprensioni al di fuori dei rispettivi campi di specializzazione erano di fatto zero assoluto, feci scattare una trappola.
Erano circa le dodici quando invitai un congruo numero di partecipanti a prendere un aperitivo in piazzetta, spiegando loro che la "cosa" prevedeva una nuova importantissima dimostrazione. Lungo il percorso, per dimostrare a me stesso che non erano stati affatto dei buoni ascoltatori, volli avere una riprova.
Col sorriso sulle labbra, cammin facendo, cominciai a raccontare

in stretto dialetto napoletano (di alcune parole nemmeno io ne conoscevo il significato) una barzelletta, senza né capo né coda. Alla mia risata finale, ridevano tutti ("Questi stronzi", pensai). È questa una di quelle situazioni che si potrebbe citare ad esempio di come, spesso, questi grandi convegni assumano soltanto l'aspetto di un dialogo tra sordi.

37

Al ritorno dal drink, (nessuno di loro fece almeno la mossa di voler pagare, ma li avevo invitati io, e, transeat) venne il bello.
Dall'albergo alla caffetteria c'era una distanza di circa otto-novecento metri, sul percorso di ritorno li portai per vie traverse, e loro sempre fiduciosi a seguirmi. Ognuno di loro, camminando, camminando, parlava per se stesso, senza sentire i commenti dell'altro. Dopo aver percorso non meno di cinque o sei chilometri, erano sempre più fiduciosi di trovarsi sulla strada giusta. E qui scattò la maledizione di... Montezuma.
Chiesi loro di avviarsi lentamente lungo lo stradone, il tempo di comprare un pacchettino di sigarette (dissi proprio così, un pacchettino) e poi gli feci il pacco, ero o non ero un vecchio scugnizzo napoletano?
Entrato dal tabaccaio me ne uscii da una porta secondaria (erano da molti anni che il medico mi aveva proibito di fumare, figurarsi).
La mattina dopo, insalutato ospite, presi l'aereo da Trapani e me ne tornai a Napoli. Qualche giorno dopo lessi un divertente trafiletto sul *Mattino* di Napoli, parlava di un folto gruppo di scienziati che, allontanatisi dall'albergo in cui alloggiavano, non trovava più la via del ritorno (la prima volta erano stati accompagnati dalla guida che teneva alto l'ombrello, anche se non pioveva). La cosa esilarante era che nessuno di loro si ricordava nemmeno il nome dell'albergo. Si erano sperduti come un gregge di pecore.
Il pastore? Ero stato io.

38

Questo mi fece venire in mente pure un aforisma di cui non ricordo l'autore: "Se diamo a dei presuntuosi lo spazio per fare i presuntuosi, faranno i presuntuosi".

Sebbene la "cosa" l'abbia scoperta soltanto per caso, come a volte avviene anche per le grandi invenzioni, non sarebbe stato mio dovere comunicarlo, o avrei dovuto temere di andare contro la scienza? Come potrei convenire con me stesso di aver ricevuto la qualifica di stupido, quando per parte mia se c'è una cosa che aborrisco, è proprio apparire stupido?

39

Credo di aver saltato un particolare importante (l'avevo fatto a bella posta, se non per modestia), ma preferisco correre subito ai ripari, e questa volta intendo proprio vantarmene un po'.

Seppi soltanto per caso (ancora questo piccolo sostantivo) della riunione pomeridiana alla quale non fui invitato.

Giusto per curiosare un poco mi recai presso l'albergo, lo trovai completamente transennato. Stavo per chiedere a un agente dove fosse il questore quando questa volta mi sentii chiamare:

"Montefusco?".

Mi soprannominò così perché a suo dire somigliavo all'ex calciatore del Napoli.

Mi disse che questa volta era una cosa grossa, top secret, erano presenti i massimi esperti di decodifica di tutto il mondo, compreso il servizio segreto degli Stati Uniti appositamente creato per la decrittazione di codice segreti, buoni ultimi, esperti decifratori dei geroglifici egiziani e il grande egittologo nostro concittadino: Luigi De Masi.

Loro non avrebbero mai potuto immaginare che per me sarebbe stato un invito a nozze, o a carne e maccheroni, come si suole dire. Ma trovai più comoda l'incognita, non si sa mai.

Ero reduce da un trionfo riportato pochi giorni prima a un convegno di enigmisti a Capri la settimana precedente.

40

La gara delle undici del mattino era denominata "gioco aperitivo" e non prevedeva premi, era una sorta di selezione in cui non vi erano nemmeno esclusioni, insomma giusto per rompere il ghiaccio. Il cruciverba che invece avrebbe riguardato la gara vera e propria, era stato gentilmente concesso da uno dei maggiori settimanali di enigmistica.

Si trattava di uno schema rettangolare di diciassette caselle per tredici, le definizioni erano alla rinfusa e a ognuna corrispondeva una sola parola, orizzontale o verticale, (non era specificato). In testa allo schema vi era indicata la definizione della parola "chiave" che doveva partire dall'unico numero indicato in un punto pressoché centrale dello schema. La definizione era "atti di fede".

Tutti col naso per aria alla ricerca di questa parola fatidica, mentre io mi alzai dal tavolo e mi recai al bar dell'hotel per gustare un aperitivo gentilmente offerto. Mentre lo centellinavo, posai lo sguardo sullo schema che avevo poggiato sul bancone, quando... Oh Dio, "credenze". Spostandomi all'estremità del bancone, mi resi conto che non era possibile collocarla verticalmente, dato che al di sotto vi erano solamente sei caselle, la scrissi orizzontalmente, e partii. Dopo qualche minuto mi si avvicinò una persona attempata con gli occhialini sul naso, dicendomi:

"Che fai? Già lo stai compilando?".

"Nooo", risposi (avevo già quasi completato lo schema). Per farla breve, si passarono tutti la parola incriminata, e in pochi minuti uscimmo in quella splendida piazzetta di Capri, dove mi auguro di andare a morire tra cento anni.

Trovandoci a Capri, non posso non parlare di una storia stupefacente raccontatami tanti anni fa da nonno Carlo che probabilmente restituirà come si suole dire "a Cesare…".

Il lettore mi scuserà, ma si tratta di un documento importante, un documento storico, se vuole può saltare questa pagina.

Mio nonno non era un semplice sapiente, nonno Carlo era un erudito. Si tratta del "disguido" di Delfi o Delfo, piccolo centro della Grecia, nella Focide, sul versante meridionale del monte parnaso.

"Disguido" creato da Adriano (Publio Elio) Spagna 76 d.C. Napoli (Baia) 138. Ancora oggi, all'entrata del Santuario-museo di Delfi, vi è quella che è soltanto una copia "taroccata" in marmo dell'Ampholos, la pietra sacra che segnava il centro della terra. Ma il vero Ampholos (detto ombelico) è di pietra.

Trascrissi fedelmente, parola per parola, il racconto che mi fece il nonno nel lontano 1951, quando avevo diciotto anni, e tutt'ora lo custodisco come una reliquia:

Coordinate Geografiche.

Tali coordinate servono a determinare la posizione di un punto sulla superficie della terra, cioè la latitudine e la longitudine riferita a un meridiano assunto come, "origine".

Encicl, matem.

Quando si voglia determinare la posizione di un punto particolare sopra una superficie, si può considerare questo punto come intersezione di due linee tracciate su tale superficie: A', A'… una prima successione di linee corrispondente a differenti valori: u, u'… di una variabile u, e sia B', B"… una seconda successione di linee, corrisponde a diversi valori v', v" di un'altra variabile v.

Un qualunque punto della superficie resta individuato dalla due linee che passano per esso; i valori assegnati alle variabili u e v, che individuano queste linee, si chiamano:

"Coordinate del punto".

Affinché un sistema di coordinate risulti perfettamente definito, è necessario e sufficiente che a ogni coppia di valori di u e v, corrisponda uno, e un solo punto.

Si narra che Zeus fece partire contemporaneamente dalle

estremità orientale e occidentale del mondo due aquile e che si erano incontrate, parola di Cesare Augusto, proprio dove tale ombelico era collocato, marcandolo addirittura con i loro escrementi, che a quanto pare hanno portato non poca fortuna: al centro della piazzetta di Capri.

Recentemente si è levata più di una voce in difesa dell'autenticità dell'episodio, una su tutte quella del Wilamowitz, filologo tedesco (Marcowitz Posnaia, Charlottenburg, 1848 – Berlino 1931).

Questi studiosi sono riusciti a dimostrare l'inconsistenza dei motivi di perplessità sui quali ci si era fondati per provarne la non autenticità.

Dunque, trovandosi in Grecia, Adriano (Publio Elio) tra il 128 e il 132, e venuto a conoscenza dell'episodio delle aquile, andò su tutte le furie e facendo suo un quesito che Socrate una mattina di buon'ora pose ad alcuni mercanti ai mercati generali, sbottò: "Il centro del mondo è dove sono io" (frase che lo stesso Cesare Augusto definì "versione fraudolenta"). Il quesito di Socrate che aveva insita la soluzione era: "In un tavolo tondo, qual è il posto del capotavola?". La risposta era: "Dove si siede il capotavola".

Fu così che trovandosi a Delfi, Adriano si fece costruire un grosso ellisse (della forma della terra), del peso di oltre due tonnellate, dal masso di marmo di Carrara che si era fatto mandare dall'Italia e che invece era destinato alla statua dell'amato Antinoo, giovane greco di straordinaria bellezza suo favorito, annegato qualche tempo prima, in Egitto, nel Nilo (così fu defraudata Capri).

N.B. La pietra in oggetto, a detta di mio nonno, e non ho alcun motivo per dubitarne, si troverebbe attualmente tra vecchi ruderi interrati in piazza municipio a Napoli, in prossimità di una torre saracena demolita (per esigenze di viabilità), nonno Carlo sognava che un giorno non lontano si sarebbe collocato al centro della piazzetta di Capri uno gnomone che, opportunamente orientato, a mezzogiorno in punto non avrebbe creato ombra alcuna, dimostrando così che quello, e nessun'altro, è, e resterà in eterno, il centro della terra.

41

Restando sul "luogo del delitto", torniamo alla gara enigmistica.
Poiché i partecipanti erano troppo numerosi, ci divisero equamente tra lo splendido Hotel Quisisana e l'altrettanto favoloso Regina Cristina.
Dopo una pantagruelica mangiata a base di vermicelli a vongole (veraci), grigliata di pesce e frutti di mare (Taratufi, Fasolare e altri), ci ritrovammo tutti di nuovo nella splendida piazzetta, intorno alle ore sedici fummo tutti "congedati" col compitino da svolgere che io definii un "ottimo digestivo". Si trattava di un quadrato di quattro centimetri di lato, al centro del quale vi erano impresse le lettere "o" e "s" minuscole.
La frase da comporre era: 2-6-7-2-6-5.
Avevo la buona (o cattiva?) abitudine, dopo un lauto pranzo, di fare una pennichella o siesta che dir si voglia, insomma, non è che mi addormentassi ogni volta, ma come dire... mi assopivo, ecco. E mi assopii, sempre con quelle lettere davanti agli occhi. Nel silenzio, l'acufene di cui soffrivo, si sentiva più chiaro e forte. Quand'ecco, proprio chiaro e forte, come se avessi avuto un microfono nell'orecchio, udii:
"Sciocco" (era per me una parola d'ordine, la leggerete anche un poco più avanti).
"Non vedi che "o" e "s" sono *Le ultime lettere di Jacopo Ortis*?
Saltai dal divanetto dissi: "Oh Dio santo".

42

Tutto gongolante scesi in sala con una buona mezzora di ritardo per sondare la situazione (il compitino avremmo dovuto consegnarlo non più tardi delle nove di sera) li trovai tutti ancora col naso per aria. Il signore attempato, sempre con gli occhialini messi all'intellettuale, mi guardò dandomi l'impressione di tirare

un sospiro di sollievo, dovette capire qualcosa dal mio sorrisetto enigmatico "mo' ci vuole", perché aggiunse ad alta voce:
"Lupus in fabula".
Ed io: "Signore e signori, ladies and gentleman (già, c'era anche il gentil sesso). La soluzione è LE ULTIME LETTERE DI JACOPO ORTIS". Dopo un attimo di smarrimento – ancora non avevano afferrato – mi saltarono addosso e mi subissarono di mazzate (amichevoli per carità). Insomma mi istupidirono a forza di scoppole (scappellotti). Il destino dei premi? Delle novanta radioline e degli altrettanti rasoi elettrici? Uno a me, uno a me, e uno a me, non per fare la rima, ma me ne rimasero solamente tre, dell'una e dell'altro.

43

Tornando a Erice.
Ero titubante, quando la mia bocca parlò da sola: "Salvato', fammi un pass".
"Non ci pensare nemmeno, forse non hai capito quant'è grossa la cosa".
"Salvato', io devo entrare".
Tira e molla, mi attaccò sul bavero una targhetta dell'A.G.U. (Associazione Giornalisti Uniti) facendomi promettere che me ne sarei rimasto buono buono (me lo fece giurare) nella tribunetta soprastante.
Erano le 16.07 quando sullo schermo appositamente allestito comparvero prima una serie di scariche elettriche, poi una diapositiva che riportava un messaggio captato dalla radio costiera di Beirut, contemporaneamente un commesso distribuiva ad ognuno un DVD. Non avendo sottomano un foglietto, ricopiai ogni cosa sul retro della mia carta d'identità (conservo religiosamente sia il pass che la vecchia carta d'identità). Ecco il testo:

LA FUSIONE FREDDA FLEISHMANN E PONS
161361012312

Una didascalia diceva: "Captato dalla radio costiera di Beirut alle ore 12 del giorno 7/7/2002 trasmesso da un giornalista americano di origine africana prigioniero in Iraq, pochi attimi prima di essere decapitato".

44

Sempre rimanendo nascosto nel mio angolino cercai di rubarmi qualche "indizio", macché, chi la voleva cotta, chi la voleva cruda, non cavavano un ragno dal buco. L'inglese diceva che secondo lui la chiave era proprio in inglese, idem il tedesco. "È se fosse in latino?", aggiunse un altro con la faccia di chierichetto. "Io propendo per l'aramaico", disse un grassone. Stavo per urlare: "Ma che stronzi siete? Non l'avete capito che la soluzione sta nei numeri?". Ma avrei rivelato la mia presenza, e c'era il giuramento fatto a Salvatore.

Dopo pochi minuti, spento il proiettore, il grassone si avvicinò a una lavagna posizionata in un angolo, e scrisse: "Trizio o Tritio", (dal greco "tritos", terzo), "Isotopo radioattivo dell'idrogeno3H1 il cui nucleo è formato da un protone e da due neutroni. Nel caso di Fleshmann e Pons...".

45

Me ne uscii alla chetichella e proprio nell'atrio incontrai Salvatore.

"Che hai fatto?"

"Niente", risposi, "li ho mandati a farsi friggere, parlavano del Trizio e del Tazio, come se non sapessero che la fusione fredda è stata realizzata già da diversi anni, e che ordini superiori consigliavano di soprassedere per il momento, altrimenti con l'energia a costo zero ci sarebbero stati milioni di disoccupati per tutto il mondo. E poi chi li sentiva i beduini, che col petrolio a pochi dollari al barile, si dovevano fare solo i clisteri".

"Questa sera vieni a farti una pizza con noi, ti devo parlare".
"Perché no? Certo che ci vengo".

46

Quella sera c'era una partita del Napoli in notturna (Napoli-Genoa) era un posticipo (i tifosi avevano da molto tempo fatto il gemellaggio).
Avevo il televisore in camera ma preferii scendere nella sala dove avevano installato un maxischermo. C'erano molti agenti di polizia in giro che ogni tanto sbirciavano un poco (erano di servizio), un ragazzo napoletano ogni pochi minuti mi chiedeva: "A quanto stanno?".
"Che cosa, le patate?", gli rispose un suo commilitone.
La partita fu una barba, il solito zero a zero.
Uscimmo per la pizza, avevamo una scorta di dieci-dodici agenti, altri in borghese ci avevano preceduti, fu una bellissima rimpatriata, io ordinai una quattro stagioni, la maggioranza optò per la margherita. Salvatore offrì da bere a tutti (e pure a me, purtroppo). Bevi tu che bevo anch'io, dopo pochi minuti eravamo tutti felici e contenti. Barzellette... osé, a non finire, io non fui particolarmente brillante. Salvatore, quel furbo (era o non era un bravo poliziotto), insomma gli dovetti confessare che non era vero che non avevo fatto niente, e che anzi avevo una mia idea per la testa in merito alla fusione fredda, ma che gliene avrei parlato a tempo debito.
Comunque, per non fare troppo il guastafeste, proposi un vecchio gioco che consisteva nello storpiare le parole, o comunque modificare il testo delle canzoni.
Salvatore si ricordava di una vecchia parodia che facevamo di *Malafemmena*, e la riproponemmo sotto forma di indovinelli. Invitammo i militari a non essere... maliziosi, e che tenessero presente che in sala c'erano pure le signore. Non l'avessi mai detto, saltò su una bellissima signora (quella che avevo già

reputata la più… scetata, "sveglia".

"No, no, no, la cosa ci diverte molto", disse.

"Anche a noi la 'cosa', ci diverte molto", disse un caporal maggiore. E giù risate a morire, cominciavamo proprio bene. Come d'incanto, spuntò una chitarra.

47

Dissi a Salvatore che ricordavo solo il ritornello.

"E non fa niente, attacca", chiese il "la" al chitarrista ed io attaccai:

"Femmenaaa, sei tu la dolce amica, ti bacerei la…"

Tutti indovinarono la parola incriminata, e Salvatore li stoppò.

"O la smettete o la canzone finisce qui. Vai, continua".

"Ti bacerei la nuca, con grande voluttààà… femmena, lo so, tu vuoi i milioni, t'attacchi a sti… a still''usioni, che ti faran moriiir. Femmena, testarda cooome un mulo, da te vorrei il…

il cuore, e la fe… deltààà".

Dopo alcune intemperanze (prontamente sedate), come Dio volle ce ne andammo a nanna tutti quanti.

Ma la "capa" mia stava sempre là, in quei numeri. Mi addormentai di botto, ero sveglio dalle cinque del mattino.

All'improvviso mi svegliò un assordante suono di campane, saltai dal letto, afferrai una penna e giù a scrivere, non sapevo nemmeno io quello che scrivevo. "Cristo santo, questa è la soluzione…".

Chiamai subito il centralino perché mi mettesse in comunicazione con la camera del questore.

"Il dottore è uscito almeno da tre ore", rispose il portiere.

"Ma che ore sono?".

"Sono le dodici, signore".

"Ma quelle campane".

"Quali campane?".

"No niente, pensavo ad altro".

Feci una doccia fresca, mi vestii in fretta, scesi nell'atrio, saldai il conto, e mi precipitai verso la vicina funivia, un taxi mi accompagnò all'aeroporto gusto in tempo: "Volo Alitalia AZ 313, in partenza per Napoli via Roma ultima chiamata, imbarco cancello sette". Lo presi "al volo" e finalmente mi rilassai.

Erano le tredici e quaranta quando telefonai a Salvatore. Rispose al primo squillo:

"Che cazzo hai fatto, dove stai?".

"Sto in aereo Salvato', ho risolto l'enigma".

"Tu che Madonna stai dicendo?".

"Hai capito bene, e dillo a questi signori, segnati per favore queste notizie".

"Aspetta... vai, puoi dire".

"La soluzione dell'enigma sarà rivelata nel corso di una seduta plenaria da tenersi a Napoli nell'antico teatrino all'aperto della Villa Floridiana in via Domenico Cimarosa al Vomero. La data dovrà essere l'11 di Agosto (festa di Santa Chiara), ore dodici, e portasse ognuno di loro, la propria qualifica professionale".

48

Il lettore mi dovrà perdonare la lunghissima serie di... "farneticazioni", si tratta di un fatto storico molto importante, ho avuto grandi battibecchi col nonno per la mia superficialità tant'è che un lettore malevolo definì alcune mie deduzioni oggetto d'imparaticcio. Comunque per ragioni di comodità può anche ignorare queste due pagine, senza che la sostanza del racconto abbia a cambiare, realizzando in questo modo quello che Aristotele definiva "lettura leggera".

Ha detta di qualche "Solone" un buon libro a volte deve essere anche un tantino noioso, nel mio caso non ho dovuto sforzarmi più di tanto per esserlo, ma in qualche modo dovevo pur fare per sgomberare il campo da ogni ragionevole dubbio in merito alla possibilità che un numero così alto di "coincidenze" potesse apparire casuale.

"Nella prima decade vi è un numero grande, perfetto, tale da realizzare tutte le cose, principio della vita divina e umana, senza cui tutto è indeterminato e oscuro" (Filolao, 470 a.C.). La mitica decade. Che, risultando dalla somma dei primi quattro termini della serie, ne riunisce in sé tutte le virtù: $1+2+3+4=10$. Nell'astronomia pitagorica dell'età presocratica aveva un posto importante un corpo invisibile, chiamato anti-terra, che insieme coi nove corpi visibili (la terra, la luna, il sole, i cinque pianeti allora conosciuti, e il cielo delle stelle fisse, considerato come un corpo unico), realizzava il numero decadico perfetto. A chi osserva il presentarsi continuo di alcune combinazioni numeriche nell'ordine più disparato di fenomeni, non può non venire in mente che i numeri posseggano una virtù segreta e magica, e che essi non seguono la natura delle cose, ma la condizionano e si intrinsecano con essa. Non è mio compito seguire nei suoi ingegnosi particolari lo svolgimento di questa disciplina (non ne sarei capace) che è stata designata dagli storici col nome appropriato di "aritmo-geometria". Saprei raccontare al massimo la storiella di Palamede, il mitico inventore dell'aritmetica, che derideva Agamennone per il fatto che non solo non sapeva quante dita avessero i suoi piedi o le sue mani, ma non sapeva nemmeno quanti piedi e quante mani avesse. Dunque, un numero perfetto deve essere uguale alla somma dei suoi divisori, escluso il numero stesso (per esempio 28 è un numero perfetto poiché la somma dei suoi divisori è $1+2+4+7+14 =28$.

L'unica scienza capace di rendere veramente sapiente l'uomo, è la scienza del numero (dono del cielo), essa si fa garante della ragion d'essere di ogni altra arte. La musica, ad esempio, è fatta di suoni conformi alla legge dei numeri, ecc.

49

Per la razza divina il periodo fecondo è racchiuso in un numero perfetto (il numero perfetto esprime il tempo occupato dalla creazione del mondo). Quale esso sia precisamente, Platone non lo precisa.

Per la razza umana invece, tale numero (anche se la questione è controversa) si otterrebbe dalle tre distanze e i quattro limiti. Le tre distanze sono la lunghezza, la larghezza e la profondità.

I quattro limiti sono costituiti dall'assimilazione, la dissimulazione, la crescita e la diminuzione. Uniti rendono corrispondenti e congruenti fra loro "tutte le cose".

Questo numero geometrico governa nel suo insieme le nascite positive e negative.

Le unioni contro natura produrranno la disuguaglianza, la sproporzione e la disarmonia.

In termini geometrici la fase dell'uguaglianza corrisponde al quadrato (armonia) e quella della disuguaglianza al triangolo (disarmonia).

Qual è la somma dei lati del quadrato e del triangolo?…

E vediamo intanto come, perché, e se è vero che questo numero ha condizionato da sempre l'intero sistema planetario, partendo proprio dal Big Bang (sette lettere). (La somma appunto dei lati del quadrato e del triangolo).

Tutti i pianeti e tutte le stelle della nostra galassia (circa cento miliardi) rappresentano soltanto un settimo (e non un quinto come erroneamente si crede) dell'enorme massa sprigionatasi dal mitico Big Bang (che in fatto di scienze è una mera sciocchezza completamente priva di fondamento ma resta comunque "una" delle teorie).

Senza voler toccare la suscettibilità di nessuno, bisognerebbe partire dalla genesi divina (nella misura in cui il buon Dio concederà agli uomini di osservarla) senza tale dono nessuno si vanti di capire queste cose.

"Il principio nasce dal nulla, se nascesse da qualche cosa, non potrebbe più stare come principio" (Socrate).

Per una massa spaventosa qual è quella mancante, sette miliardi di anni sono pochi per il formarsi dell'intero universo (a meno che non abbiamo sbagliato a misurare il tempo, saremmo andati troppo in fretta). Ecco, in questa data, 7/07/2007, io avrei settantaquattro anni, dunque nel mio infinitamente piccolo mi avreste portato via cinquant'anni, mentre ancora mi chiedo: "Questo lasso di tempo" mi verrebbe proprio voglia di dire: "Questo cazzo di tempo così lungo, dove lo avrei mai trascorso?".

50

La crosta terrestre è formata da sette enormi placche, coi relativi sette mari. La creazione è avvenuta in sette giorni (6+1).
La misteriosa relazione dei sette pianeti con i sette metalli, tuttora usata nella terminologia medica e chimica: Giove - Stagno, Venere – Rame, Saturno – Piombo, Marte – Ferro, Mercurio – Mercurio, Sole – Oro, Luna – Argento.
I sette cieli.
Le sette stelle dell'Orsa Maggiore.
I sette peccati capitali: Superbia, Avarizia, Lussuria, Ira, Gola, Invidia, e Accidia.
Le sette virtù (quattro cardinali e tre teologali): Prudenza, Giustizia, Fortezza, Temperanza. Fede, Speranza e Carità.
Il mese lunare è diviso in cicli di sette giorni.
I sette saggi (già nel VI sec. a.C.).
I sette colori dell'iride.
Il periodo critico nella vita umana (climaterio) viene ogni sette giorni.
Le sette vacche grasse e le sette vacche magre.
Le sette note musicali.
Le sette meraviglie del mondo: le piramidi d'Egitto, I giardini pensili di Babilonia, il tempio di Artemide a Efeso, il mausoleo di Alicarnasso, la statua Criselefantina di Zeus, il colosso di Rodi, e il faro di Alessandria.
Il massimo tempio della cristianità sorge su sette colli (anche Mosca è stata edificata su sette colli).
Dalla *Divina Commedia*: "Venimmo al piè di un nobile castello, sette volte cerchiato di alte mura". (Queste mura simboleggiavano le sette virtù: Intelletto, Scienza, Sapienza,

Prudenza, Giustizia, Fortezza e Temperanza. O forse le sette arti liberali: Grammatica, Retorica, Dialettica, Aritmetica, Geometria, Musica, e Astronomia.

Senza contare Cosenza, attorniata da sette colline, e Asiago, capoluogo dell'altopiano dei sette comuni.

Secondo la mitologia, lo spirito di Re Salomone rimase chiuso per oltre duemila anni, prima di essere liberato dai sette sigilli.

L'uomo è stato da sempre condizionato dal fascino magnetico di questo numero: l'inizio di una vita per un embrione è al settimo giorno (periodo blastemico).

Nel libro dei libri vi è menzionato non meno di mille volte questo numero, vediamone solamente alcuni più significativi.

51

Il signore disse a Mosè: "Il settimo mese festeggerete per sette giorni la festa delle capanne, ogni sette anni non seminerai il tuo campo e non poterai la tua vigna.

Conterai sette settimane di anni, sette volte sette anni, faranno un periodo di quarantanove anni e il cinquantesimo anno lo dichiarerete santo, proclamando la liberazione di tutti gli uomini, e sarà per voi un giubileo.

Per sette giorni mangerete pane azzimo, per sette giorni ancora offrirete sacrifici al signore, poi conterete setta settimane complete e all'indomani del settimo sabato, cioè il cinquantesimo giorno, festeggerete la Pentecoste. È una legge perenne e la rispetterete di generazione in generazione in tutti i luoghi in cui abiterete.

Costruirete un candelabro d'oro con sette bracci, posizionati su una sola linea".

Per aver parlato contro Mosè, Maria fu devastata dalla lebbra, ma il settimo giorno, guarì.

Chiunque ucciderà Caino subirà la vendetta sette volte, e settantasette se ucciderà Lamek, suo diretto discendente: (Quale mistero in queste parole del signore"?)

Adamo, dopo la morte di Abele, si unì alla moglie che partorì un figlio e lo chiamo: Set.

52

Prima del diluvio, per conservare in vita le razze il Signore ordinò a Noè di portare con sé sette paia di maschi e femmine.

L'Arca si posò sui monti dell'Ararat il diciassettesimo giorno del settimo mese.

In ultimo, non possiamo ignorare I sette sigilli che chiudono quella meravigliosa opera che è lo Zen-Buddismo (Bi-Yan- Lu). (Guarda caso, proprio sette lettere). E le due volte sette giorni di tepore che Giove durante l'inverno regala agli uomini, che chiamiamo quest'epoca "mite e temperata, nutrice della bella Alcione".

Proviamo ora a fare un piccolo esempio un poco più terraqueo?

A prescindere dalla pagina "sette, sette, sette" del televideo, dal settennato di Andreotti e dei sette anni di Maradona al Napoli, quanti sono i ministri dei Paesi più industrializzati che si riuniscono a ogni piè sospinto?

Il contrasto Washington-Tel Aviv per un'equa soluzione dei problemi mediorientali, non era in sette punti?

Come mai i Samurai di Akira Kurosawa erano proprio sette?

I sette uomini d'oro, dòve li mettiamo?

E i magnifici sette?

Le sette spose per sette fratelli.

I quattordici anni per l'emergenza rifiuti a Napoli (7+7).

I sette "saggi" commissari straordinari per l'emergenza "spazzatura" a Napoli.

Le sette medaglie d'oro dei fratelli Abbagnale.

Il sette bello (carte napoletane).

Il gioco del tressette? (Una delle spiegazioni era che bastava fare per tre mani sette punti per vincere una partita, e allora perché non chiamarlo direttamente il gioco del ventuno?).

Gli stivali delle sette leghe, i sette nani, anticamente per indicare un grande numero si usava dire: sette volte sette, o settanta volte settanta.

Le due facce contrapposte del dado danno sempre sette.

In alcune regioni d'Italia (in modo speciale la Toscana), la persona in gamba o molto furba, veniva definita "figlia di un sette".

Secondo una tradizione popolare francese (in merito alle verità profetiche dei sogni), è sufficiente che in sogno si contino sette stelle per sette sogni consecutivi, facendo però attenzione a non contare due volte la stessa, per avere la settima notte un sogno sicuramente profetico. E se poi lo si lasciava coincidere con il giorno sette del settimo mese, il sogno avrebbe rispecchiato un fatto assolutamente vero. (fatevi sotto a sognare una quaterna).

53

"Mentr'io fremente, le belle forme disciogliea dai veli". Salomè avrebbe dovuto protrarre all'infinito la sua danza dei sette veli per Erode, perché è risaputo che il solo cercare di indovinare la forma dei seni di una donna, la curva dei suoi fianchi o soltanto quello che le loro vesti lasciavano trasparire, gettava l'animo degli uomini nello scompiglio. La totale assenza, di quei dolci misteri, sta avviando l'uomo lentamente, ma inesorabilmente, all'impotenza. Prova ne è che la scienza è corsa ai ripari congelando milioni di spermatozoi per ovviare all'estinzione della razza umana. (l'uomo che venne dal freddo). Ci preoccuperemo di lasciare in vita sei o (sette) fattrici?

54

Legge dei grandi numeri: legge che riguarda la frequenza di attuazione di un evento di data probabilità (secondo tale legge, aumentando il numero dei sospettati di un delitto, diminuisce la possibilità d'innocenza).

55

Ho reso tanti servigi all'Italia con questa mia "monomania" tramite il mio amico Salvatore. Mi bastava conoscere nome e cognome dell'indagato, se l'uno o l'altro era di sette lettere vi erano moltissime probabilità di colpevolezza. E più alto era il numero di lettere – naturalmente multiplo di sette – dei nomi e cognomi o dei correi, e più efferati erano i crimini (qualche volta ho usato all'incontrario questa mia mania, verso la fine di dicembre 2004 "scagionai" l'ing. Elvo Zornitta – presunto una bomber – 12 lettere, innocente).

Ancora oggi, benché siano passati tanti anni, mi aspetto la soluzione delle indagini sull'efferato delitto di via Poma, in cui fu barbaramente assassinata la bellissima Simonetta Cesaroni.

All'epoca fui "sviato" sul nome del portiere "Pietrino Vanacore", ma quando mi resi conto che si trattava di un vezzeggiativo e che il vero nome era Pietro che aggiunto a Vanacore raggiungeva un numero di quattordici lettere (due volte sette) lo considerai altamente incriminabile, e persona informata sui fatti.

56

La corruzione in politica è un fenomeno planetario, ma Napoli è campione del mondo, l'arresto di sindaci e di intere giunte comunali è all'ordine del giorno, l'immondizia è gestita dalla criminalità organizzata, ma Antonio e Rosetta non sanno niente (7+7 =14).

57

Per la classe politica in generale (coi sette o senza sette) mi è stato tutto più facile. In considerazione dell'altissima percentuale dei "presunti" corrotti che sfiora e qualche volta supera il 90%, feci pervenire le parole di un famoso "picconatore" a dimostrazione che ogni epoca ha i suoi "eroi", se vi avessi aggiunto del mio lo avrei profanato:

"Ho ritenuto opportuno incontrarvi tutti, e anche spiegarvene la ragione".

È venuto a determinarsi fra noi un affare altamente scandaloso. Io suppongo che molti dei presenti sappiano di quale affare sto parlando.

Questo affare ha condotto alla scoperta di altri non meno disonesti affari, nei quali sono coinvolte perfino certe persone, che io fin qui avevo ritenuto oneste.

È pure di mia conoscenza la ben celata intenzione di confondere tutte le cose in modo che ne risulti l'impossibilità assoluta di risolvere la questione a norma di legge.

So anche chi è il principale responsabile e da chi è ben protetto, seppure costui molto abilmente abbia nascosto la sua partecipazione.

Ma quel che più importa è che io ho risoluto di sottoporre tutto questo non già ad una normale istruttoria a base di incartamenti, ma a un tribunale speciale, dato che siamo in una sorta di guerra.

Allorché si rende impossibile svolgere un'azione giudiziaria secondo la procedura civile, Allorché vanno a fuoco per... autocombustione gli scaffali con gli incartamenti, e infine, con la congerie delle false testimonianze, e colle false delazioni, si tende a rendere più oscuro un affare che già è oscuro abbastanza.

Io considero il tribunale speciale come l'unico mezzo possibile, e desidero conoscere la vostra opinione.

È a mia conoscenza ancora un altro affare, sebbene gli autori di esso siano pienamente convinti di averla fatta franca e che nessuno possa esserne a conoscenza.

Va da sé che per i principali responsabili seguirà la destituzione da ogni incarico politico, la cosa è troppo disonesta e grida giustizia.

Benché io sappia che questo non servirà nemmeno da insegnamento agli altri, giacché al posto degli espulsi verranno appunto gli altri, e quelli stessi che finora erano stati onesti, diverranno disonesti, anche quelli che saranno creduti degni di fiducia, inganneranno, so che tutto sarà insabbiato, cancellato, condonato.

So anche che con nessun mezzo, con nessun castigo, la disonestà può essere sradicata, troppo a fondo ormai a messo le radici.

La vergognosa abitudine di accettare le "mazzette" è diventata per voi un bisogno, una necessità, anche per certuni che non sarebbero nati per essere disonesti.

Ma io ora debbo, come uno di quei decisivi, sacri momenti in cui si tratta di salvare la patria, quando un cittadino dà tutto e tutto sacrifica, io debbo lanciare un grido se non altro a quelli che hanno ancora in petto un cuore.

Non è davvero il momento di star a discutere chi di noi sia più colpevole. Io, forse, sono il più colpevole di tutti. So che perirà, il nostro Paese, non più per l'irruzione di popoli stranieri, ma per opera di noi stessi, ormai che accanto alla legale amministrazione della cosa pubblica è venuta a formarsi una seconda amministrazione, assai più potente di quella legale.

È venuto a stabilirsi un regolamento proprio, tutto ha una sua tariffa.

Nessun reggitore di Stato, fosse pure il più sapiente di tutti i reggitori, avrà mai il potere di correggere il male. Mi rivolgo a chi fra voi abbia qualche comprensione di ciò che significhi nobiltà di pensieri.

Io vi esorto a considerare il dovere che, qualunque sia il suo posto, incombe all'uomo.

Esorto a considerare più da vicino il vostro dovere e le obbligazioni della vostra missione terrena, poiché è proprio questa la cosa che a tutti noi si presenta in modo confuso.

Ma lasciamo ora da parte chi sia più colpevole o meno, altrimenti finché ciascuno di noi non avrà sentito il dovere di insorgere contro la disonestà, tutto sarà vano.

Da *Le anime morte* di Nikolai Vasill'evic Gogol (Sororocincy, 1809 – Mosca, 1852).

58

Uno dei mie casi più eclatanti fu l'incriminazione di Lorenzo (7) Bozano (l'assassino della bellissima Milena Sutter), quella fu la prima volta che mi recai in tribunale per assistere al dibattimento. Non appena entrai in aula, la causa era appena cominciata, si stabilì come una sorta di contatto telepatico tra me e il "soggetto". Senza nemmeno vedermi, né sapere della mia "particolare" presenza, cominciò ad agitarsi, le sue labbra iniziarono uno strano movimento circolare, mentre a me venne un tremore alle mani. La cosa incredibile fu che lo stesso fenomeno si verificò fin da quando lo intervistarono in televisione.

Fu il ripetersi di tali fenomeni nervosi agli inquisiti a farci capire che erano dovuti alla mia presenza in aula, da quella volta Salvatore mi portò con sé in molte altre occasioni.

59

Alla tragedia della bellissima principessa Diana mi si incoccò una freccia nell'arco a dir poco strabiliante che preferii adagiare in una simbolica faretra, in attesa di nuovi sviluppi.

Fu quella la prima volta in tutta la mia vita che anziché rallegrami per quell'intuizione persi quasi tutte le mie "facoltà decisionali", sembrava proprio che stessi perdendo lo "strumento" attraverso il quale mi pervenivano certe emozioni (si trattava pur sempre soltanto di un sogno, che dovetti ancora una volta mettere su carta, altrimenti non mi avrebbe lasciato in pace).

Decisi così, come per l'affronto subito a Erice, che avrei fatto passare ancora qualche tempo, fiducioso in una mia ennesima sensazione che fin d'adesso mi faceva pensare che prima o poi vi sarebbe stata una "resa dei conti" con la conseguente fine di "qualcosa".

Trascorso un certo lasso di tempo – durante il quale cercai di evitare in tutti i modi di impelagarmi in quell'*affaire* pur rimanendo sempre speranzoso in quel "qualcosa".

Fu allo scadere nientedimeno che del settimo anno che la giustizia divina, colpì, facendo compiere a "sua altezza Ehm" il più macroscopico degli errori, quello di ingaggiare una scrittrice per denigrare la bellissima principessa triste, un certa Burrell (7).

Fu un gioco da bambini per me: Windsor – Burrell – Charles – 7+7+7 =21.

Il numero più sanguinario (vedi Olindo Romano-Rosa Bazzi).

61

Era l'alba di un giorno d'agosto, su una biga trainata da "cavalli" veloci la dea Diana attraversava le vie di Parigi, ma un malvagio cacciatore a cui una strega cattiva aveva ordinato di strapparle il cuore, a cavallo di cento cavalli, spaventò "l'auriga".

Perché Diana "doveva" morire.

62

Gentili William e Harry, forse nei vostri importanti studi non vi sarà capitato di leggere che la vostra mamma aveva il nome di una stella. È la stella mattutina, se la volete vedere è visibile ad oriente prima del sorgere del Sole. ("Signora dei monti, delle verdi selve, delle alture remote e dei fiumi risonanti", cantava il poeta Catullo".

God save the King.

Mi rivolgo a te, caro William, anche tu dovrai perdonarmi il ricorso a una favola.

Le favole come ben sai, hanno sempre una morale, e tante volte si rivelano illuminanti più efficacemente di ogni altra cosa.

Di questa favola, contrariamente a quanto raccontato ai miei lettori, il finale lo "intuisco", ma vorrei che fossi tu, ora che sai perché Diana "doveva morire" a rivelarlo e a mettere la parola *The End*.

63

Tu sarai Re, ma di quella splendida Regina che era tua madre, unica, irripetibile Regina.
Diana, forse anche questo ti è sfuggito, è anche il nome che si dà allo squillo di tromba che all'alba sveglia l'equipaggio di una nave. Figurativamente: incitamento ad agire con prontezza.
Burrell – Windsor – Charles. 7+7+7=21.
Fai un gesto forte, falla finire quest'arlecchinata, ora che la tua Regina è divina, la invidieranno ancora di più, sii tu l'ultimo suo grande amoRe.
Mi capita spesso di sognare, e al risveglio non ricordare più niente.

64

Per il quadruplice delitto di Erba, impiegai circa un mese per l'incriminazione "certa". Il motivo per la mancata tempestività fu dovuto al fatto che le generalità dei vicini mi furono fornite in momenti successivi, e separatamente. Olindo Romano non mi diceva niente, idem il nome e cognome della moglie, Rosa Bazzi.
La mia carriera di "consulente" cominciava a perdere colpi?

65

Si era accumulata una quantità di foglietti sulla mia scrivania, tutte pratiche "urgenti" che comunque non me la sentivo di accantonare, anzi, ogni volta non senza sorpresa, scoprivo che mi piaceva ancora, e ancora più divertente era sentirmi dire da Salvatore:

"Ma come cazzo fai?".

E io invariabilmente rispondevo "'O pendolino, Salvato', 'o pendolino".

66

Fu nell'accostare quei due nomi: Olindo Romano-Rosa Bazzi, che mi scoppiò il tremendo mal di testa premonitore. Oh Cristo santo, ventuno lettere, tre volte sette, la combinazione numerica più atroce, come se avessi inciso un bubbone purulento dando libero sfogo a un fetore insopportabile, contemporaneamente a un conato di vomito. Le mie mani cominciarono a tremare, un senso di annebbiamento non mi faceva più vedere quelle lettere che pure avevo lì davanti agli occhi, e la testa che mi doleva sempre più.

Non mi riusciva di star fermo, mi alzai dalla sedia e cominciai ad andare avanti e indietro nel corridoio che a ogni passaggio diventava sempre più stretto, mi sentivo soffocare da un senso di claustrofobia, avevo fiutato l'odore di una coppia di belve feroci, specialmente la femmina. Spalancai la porta finestra e uscii all'aria giusto in tempo per vomitare in un'aiola, mi lavai le mani allo zampillo che in quel momento aveva iniziato ad irrorare il terreno.

Rientrato in casa, afferrai il telefono e chiamai Antonio (il mio referente per l'amico questore) per trasmettere subito: "Eur, Eur, Eur" (avevamo concordato che ad ogni soluzione di casi importanti, avrei trasmesso questo triplice accorciativo di "Eureka", alla maniera del messaggio del cardinale tedesco De Funk, a proposito del vino di Montefiascone: "Est, Est, Est").

67

Il mio fiore all'occhiello fu dovuto principalmente alla mania contagiosa di mio fratello Guglielmo di ripetermi nei sogni le parole che pronunciavo al contrario, perfino quelle che pensavo solamente.

Fu così che riuscii a decrittare il codice di come fu pianificata la stage di Bologna, dalle false generalità dell'attentatore.

Il mio interesse fu destato dal fatto che Sergio Picciafuoco, alias Vailati, era costituito rispettivamente dalle sette lettere di Vailtai, e dalle diciassette complessive.

Leggendo al contrario: Vailati, ottenni; Italia-V dove la lettera V poteva stare per "valigia".

In alcuni documenti sequestratigli, vi erano i seguenti disegnini: un piccolo triangolo con una casetta sul lato sinistro e, a sinistra della casetta, un due in cifre romane. Dalla casetta, ricavai "attesa", "c", dalla "c" ricavai "classe", e dal due in cifre romane "seconda". E, *dulcis in fundo*, l'angolo contrassegnato con la lettera "b", vale a dire "Angolo B", letto al contrario dava "Bologna".

68

Una notte, tra veglia e sonno, sognai che un bellissimo bambino dal viso d'angelo veniva assassinato, e mi venne da piangere.

L'indomani mattina i quotidiani parlavano di un bambino di nome Tommaso che era stato ucciso a colpi di pala, ma i nomi dei potenziali assassini, Mario Alessi e Antonella Conserva, non mi dicevano niente, sapevo a che cosa era dovuto il mal di testa, ma questa volta mi sentivo un fallito.

La notte successiva avevo voglia di contare le pecore, ma il sonno non mi veniva, per non svegliare mia moglie me ne andai in punta di piedi nel mio studio.

Non appena aprii la porta, mi parve che il lumetto sulla scrivania si accendesse da solo proprio in quel momento (ma forse la sera prima lo avevo dimenticato acceso, pensai) quand'ecco mi accorsi che il cono di luce era fisso sulla scritta: Anonello-Mario, Conserva-Alessi. Oh sant'Antonio! Antonella-Mario (14), due volte sette. Conserva-Alessi (14), due volte sette. Totale 28, il numero multiplo di sette aritmeticamente perfetto.

Qui devo confessare la mia complicità nella promozione di

Antonio a brigadiere scelto, che fu appunto promosso per questa "sua" intuizione.

69

Breve sintesi di alcune "mie" profezie (la cui provenienza preferisco lasciare alla mia tenerezza).
L'elisir di lunga vita non è più una chimera, l'invecchiamento resterà soltanto un vago e lontano ricordo della stupidità umana. Il calendario biologico si può fermare, e non solo, è possibile mandarlo anche a ritroso.
Tre anni dopo: lo scienziato britannico Jan Wilmut – il creatore della pecora Dolly – seguendo le orme del giapponese Shinya Yamanaka dell'università di Tokio ha creato cellule staminali in grado di ringiovanire organi vitali dei topi, ottenendo analoghi risultati con cellule umane.

Azione benefica delle onde elettromagnetiche.
Sette anni dopo. Le onde elettromagnetiche esercitano un'azione rigeneratrice sugli organi vitali. (Fin dalla scoperta di Guglielmo Marconi la vita media si è allungata sempre di più) .
Scoperto un cerotto che generando un campo magnetico, facilita la guarigione delle ferite, anche i telefonini esercitano un'azione benefica sul cervello e sull'orecchio interno, le loro stimolazioni sono una possibile cura per l'Alzheimer e l'ictus. (C'è una sola controindicazione nel caso delle onde elettromagnetiche, ma questa me la riservo come asso nella manica, per l'eventuale prova del nove a chi me la chiedesse). Non potrei non rivelarla.

Video encefalogramma.
Per il video encefalogramma avevo preventivato circa un anno per la sua applicazione pratica, non ho rispettato i tempi, e me ne scuso: la scoperta è soltanto di questi ultimi giorni, come è di questi giorni la creazione di spermatozoi in vitro ricavati dal midollo spinale di maschi e femmine per la realizzazione della

partenogenesi.

La mia più grande meraviglia.

Nel 2001, mio fratello Guglielmo in sogno mi gettò un piccolo seme, sarebbe germogliato allo scadere del settimo anno, così credevo di aver capito, e riguardava la salute di mio fratello Armando, quando lui morì, Armando aveva un anno.

Napoli, quattro novembre 2008. Quella sera venne a cena da me, dovette fare degli sforzi sovrumani per superare a piedi l'ultimo piano (abitiamo nello stesso stabile, lui al primo piano, io occupo un piccolo attico all'ottavo piano, mentre l'ascensore arriva fino al settimo).

Era affetto da malattia ossea di Paget: un'affezione dolorosa delle ossa, caratterizzata da ipertrofia del cranio (aumento della circonferenza del cranio) e della colonna vertebrale (ispessimento dei corpi vertebrali e cifosi).

Da circa sette mesi aveva una leggera zoppia alla gamba sinistra, e la spalla destra bloccata, entrò dalla porta che quasi piangeva per i dolori che lo affliggevano.

Terminata la cena (quasi non toccò cibo) lo accompagnai piano piano a prendere l'ascensore al piano sottostante.

Quando risalii trovai Clara in lacrime, "Dobbiamo fare qualche cosa", disse, "non è possibile che dopo diciassette anni non abbiano scoperto nuove cure".

In quel momento mi scoppiò un tremendo mal di testa, durò un attimo, il tempo di implorare "Oh figlia immacolata di sant'Anna e san Giuseppe", che il mal di testa svanì di colpo, quel numero sette pronunciato da mia moglie, sia pure con l'uno anteposto, mi ricordò la "promessa" di Guglielmo (a Marzo era scaduti i sette anni), accesi il computer e digitai: Paget.

Silvano Adani – Facoltà di Medicina e Chirurgia, Università degli studi di Verona.

Il morbo di Paget è una malattia cronica dell'osso caratterizzata da una rapida distruzione di tessuto osseo con conseguente disordinata ricostruzione.

"Tra le patologie del rimodernamento osseo" - spiega Ranuccio Nuti – "è seconda solo all'osteoporosi".

Per una diagnosi precoce c'è un test ematico, il dosaggio dell'enzima fosfatasi alcalina che risulta inspiegabilmente aumentato e che deve indurre ad esami radiologici.

70

Afferma il prof. Silvano Adami: "La diagnosi precoce è importante: TANTO PIÙ CHE ORA LO SVILUPPO DELLA MALATTIA SI PUÒ FERMARE E CON ESSA LE COMPLICANZE, RICORRENDO AL PRIMO FARMACO CON INDICAZIONE SPECIFICA PER IL MORBO DI PAGET, IL NERIDRONATO, UNA NUOVA SOSTANZA PARTICOLARMENTE EFFICACE DELLA FAMIGLIA DEI BISOSFONATI.
SE LA MALATTIA È PIÙ AVANZATA CON IL FARMACO SI PUÒ BLOCCARLA, INTERVENENDO IN ALTRI MODI SULLE DEFORMITÀ GIÀ PRESENTI.
La molecola è stata approvata a "marzo" dall'AIFA per uso ospedaliero e si somministra per via endovenosa. NELLA MAGGIORPARTE DEI CASI, SI OTTIENE LA REMISSIONE DELLA MALATTIA.
Lo studio, che ha coinvolto 83 pazienti, di età compresa tra 41 e 85 anni, ha valutato l'effetto del neridronato, un aminobisolfonato, nei pazienti di Paget attiva, il periodo di osservazione è stato di 180 giorni: TUTTE LE DOSI DI NERIDRONATO HANNO SOPPRESSO IN MODO SIGNIFICATIVO GLI INDICI DI ATTIVITĀ DELLA MALATTIA.
LA PERCENTUALE DI RISPOSTA A SEI MESI È STATA LA SEGUENTE: 98% al dosaggio di 200 mg. di neridronato".

"Marzo", tra virgolette, intende ricordare la profezia di mio fratello Guglielmo (se non fossi stato tanto "smemorato" avrei evitato ad armando almeno otto mesi di sofferenze).

Valeggio sul Mincio (VR), 5 novembre 2008.

L'Hotel Ristorante Bastia si trova a circa un chilometro dall'ospedale dell'Università Degli Studi di Verona. Per Armando sarebbe stato un poco problematico arrivarci a piedi, ma proprio in quel momento si avvicinarono i proprietari dell'albergo (Rosaria e Giacinto) che erano di ritorno dall'aver accompagnato a scuola i figlioletti, e si offrirono di accompagnarci.

Sull'ampio ingresso dell'ospedale vi erano sistemate in bell'ordine diverse sedie a rotelle che Armando non voleva assolutamente usare, ma viste le mie insistenze vi ci sedette.

"Opedale Civile Maggior, piano terzo ore nove, (avevamo la prenotazione), Reparto reumatologia, sezione riabilitazione. Paziente: Armando Amoruso. Affetto dal morbo di Paget fin dal 1991".

Dopo un'accurata visita da parte del prof. Silvano Adami (San Silvano, 4 maggio) avevamo portato con noi tutte le vecchie e nuove analisi possibili e immaginabili, ma il professore Adami preferì far fare comunque un prelievo alla sua assistente, la squisitissima dottoressa Viapiana.

Dalla cartella clinica.

Ore 9.30, viene applicata flebo da 200 mg. di neridronato, già nei primi minuti è stata osservata una riduzione del dolore associato alla malattia di Paget. Ore 10.40 il paziente accusa lievi giramenti di testa. Ore 10.45 viene dimesso con la REMISSIONE TOTALE della malattia.

La molecola di cui si parla è stata approvata dall'AIFA nel marzo 2008 (esattamente allo scadere dei sette anni profetizzati da mio fratello Guglielmo, Dio lo abbia in gloria).

Già da lontano quando i proprietari dell'albergo ci videro arrivare, quasi a passo di Bersaglieri, dovettero pensare: "I soliti napoletani, hanno fatto una sceneggiata per farsi accompagnare all'ospedale".

Ma chiarito ogni equivoco, abbracciarono Armando e sturarono una bottiglia di Franciacorta.

Desidero dedicare un particolare sberleffo a quel grasso ricercatore inglese (di cui non ricordo il nome, ma me ne frego) che, alla mia "rivelazione" della misteriosa premonizione di mio fratello Guglielmo, urlò: "Sacrilegio!!!".

71

Quell'11 di agosto, a proposito della mia convocazione ai dotti di Erice, non venne nessuno, come mi sarei aspettato. Mi trattenni in Floridiana fino alla dieci (un'ora di snervante attesa mi sembrò più che sufficiente).

La sera andai a trovare Salvatore a Pinetamare. In quei giorni si era messo in malattia, aveva una cera che non mi piaceva, gli raccontai di come avevo ottenuto la soluzione dell'enigma di Erice sulla fusione fredda.

Ma quando gli dissi del fenomeno ottenuto da Riccardo in Calabria, cominciò a sbiancare in volto, certamente non per l'episodio che gli avevo appena raccontato, comunque per non affaticarlo ulteriormente, salutai Antonietta (la moglie) e mi ripromisi di andare a trovarlo al più presto.

Tre giorni dopo con gran dolore andai al suo funerale.

(Nessun medico seppe mai dire di che cosa era morto Salvatore).

72

Ed eccovi la "storiella" promessa sul mio cane (i cinofili mi capiranno meglio).

Avevo un Pastore tedesco, femmina, si chiamava Gipsy.

Come tutti sanno, i cani manifestano sempre per qualche cosa con la loro voce, che può variare per tono, per intensità, per volume, o con un prolungarsi più o meno lungo.

Il suo abbaiare manifestava quasi sempre la presenza di qualcuno, col variare di timbro di volume o d'intensità, quest'ultima nel caso della presenza incombente e minacciosa di uno sconosciuto.

Un giorno eravamo soli in casa, e lo "sconosciuto" si presentò alla mia "porta".

Ero seduto sul divano a leggere il giornale, con Gipsy sempre accucciata ai mie piedi, quando cominciai a sudare freddo, Lei subito si alzò, e con la testa un poco abbassata di lato cominciò ad abbaiare contro il mio petto, poggiandomi le zampe addosso, stavo quasi per sferrargli un calcio mentre un cerchio di ferro mi strinse il torace (tralascio l'accorrere del portiere, l'ambulanza, e l'unità coronarica e dell'ospedale Monaldi). La cosa stupefacente fu il fatto che Gipsy aveva fatto la diagnosi prima di me. Ah, a proposito, non si chiama più Gipsy, ora la chiamo "Dottoressa".

73

Uno degli argomenti che avrei voluto sottoporre ai "dotti" di Erice (che andò a finire tutto a puttane) aveva per argomento l'anima. Se provassi a metterci il naso adesso, a mente fredda, riceverebbe un trattamento non degno. E quindi lo farò con le parole di Socrate (che da poco ho finito di rileggere) nel bellissimo dialogo con l'allievo Teeteto, dal racconto platonico dello stesso Teeteto.

Teeteto: "Caro Socrate, il tuo amico Teodoro mi ha fatto una domanda: "Con che cosa un uomo vede le cose e con che cosa ascolta i suoni? Io ho risposto con gli occhi e con gli orecchi? Apriti cielo, sto ancora correndo, ed eccomi qui da te".

Socrate: "Attenersi al senso comune dei nomi e non andare a esaminarli, indica inettitudine alla ricerca, talora invece è necessario, come ad esempio anche ora è una necessità, riprendere la risposta che ai dato nel punto in cui non è esatta.

Guarda qual è quindi, la risposta esatta: gli occhi sono "ciò con cui vediamo" oppure ciò attraverso cui, vediamo.

E così le orecchie: ciò con cui ascoltiamo, o ciò attraverso cui ascoltiamo. Difatti sarebbe senza dubbio una cosa assurda, ragazzo mio, se i diversi sensi, tutti insieme, non tendessero ad un'unica idea, sia essa anima o come in altro modo credi che si dovrebbe chiamare. Dimmi allora, ciascuno degli organi dei sensi attraverso i quali senti ciò che è caldo, e ciò che è duro, ciò che è leggero, non li supponi come funzioni del corpo? O di che altra cosa? Se né attraverso la funzione dell'udito, né attraverso quella della vista è possibile, e allora a quali altri organi potrai assegnarli?".

Teeteto: "Intendi riferirti all'essenza dall'essere al non essere? Ed è chiaro che tu vuoi sapere attraverso quali organi del corpo noi riusciamo a trasmetterli all'anima".

Socrate: "Mi segui più che bene, Teeteto; sono proprio queste le cose che ti chiedo".

Teeteto: "Ma per Zeus, Socrate, mi sembra che non c'è nessun organo specifico per queste determinazioni, ma che sia l'anima stessa, attraverso se stessa, a ricercare, mi pare, le determinazioni comuni a tutte le cose".

Socrate: "Era questo infatti ciò che sembrava proprio a me, ma volevo che sembrasse anche a te".

Teeteto: "Per la verità anche a me sembra così".

Per strano che possa apparire, qualcosa di simile accaduto a Teeteto, accadde anche a me, naturalmente fatte le dovute proporzioni, il ruolo di Socrate lo impersonò mio nonno, ricordavo benissimo che qualche anno prima mi aveva parlato dell'importanza delle vocali, e che le consonanti prese da sole rappresentavano soltanto suoni indistinti.

Alla domanda: "Con che cosa pronunciamo le vocali e con che cosa le consonanti?", ricordando vagamente qualche cosa non risposi con la bocca, ma con la laringe.

"Bravo", mi disse, "te lo ricordi ancora. Con la gola pronunciamo le vocali, e con la lingua e le labbra le consonanti" (vedi: elle, emme ecc).

Prima di tornare a quell'11 agosto, che temo molto, proverò a sdrammatizzarlo un pochino con un tocco di umorismo. Un giorno Talete, mentre passeggiava contemplando il cielo, cadde in un fosso facendo morire dal ridere una ragazzina Tracia che così gli si rivolse: "Ma come? Vai studiando le cose del cielo, e non conosci i fossi per terra?".

Ci sono momenti in cui non sono sicuro più di niente, per meglio raccapezzarmi, per riprendere il filo, mi toccherà tornare a quell'11 agosto.

E torniamoci, sarà quel che Dio vuole.

74

Soverato (CZ), 1992 (probabilmente).

Era l'11 agosto di un anno che non mi è possibile determinare con certezza: festa di Santa Chiara (dopo il Natale questo giorno diventerà il più importante nel calendario liturgico e il mondo intero si gioverà di questa data, finché vivrà.

Faceva un caldo infernale, era da circa dieci-dodici giorni che il termometro non si discostava dai quaranta gradi, persino il tasso di umidità, fatto insolito per Soverato, era altissimo. Nemmeno i più vecchi abitanti della cittadina ne ricordavano l'eguale, il sole, implacabile, sembrava essersi messo di buzzo buono per incendiare Soverato.

Le strade erano deserte, come lo erano state quel lontano mattino di cinquant'anni prima.

Verso mezzogiorno il cielo si era un po' rannuvolato e, sebbene il sole avesse raggiunto il suo apice, non riusciva a diradare una nuvoletta capricciosa che non voleva saperne di andarsene dalle nostre teste assumendo le forme più strane.

"È un cervo volante", disse un signore che stava scendendo proprio in quel momento in spiaggia, "Macché!", sbottò un altro, "è un ombrellone portato via dal vento, si vede benissimo, mentre invece si trasformava nella sagoma di una giraffa".

Tutti i bagnanti stavano con la testa in su. Una squadra di beach volley poco distante mi fece pensare a tante statue di sale.

In cuor mio pensai che forse qualcosa o "qualcuno", stava facendo in modo che io ne seguissi le evoluzioni.

"È una diavoleria pubblicitaria", disse mia moglie, proprio mentre quei raggi di luce che pendevano tutt'intorno come tanti fili, sembravano volermi tirare da qualche parte.

Non mi vergogno di dire che mi sentivo una marionetta, quel furbo di Fabrizio mi dice: "Nonno, ma questa ce l'ha proprio con te". E, anticipando quella che era stata una mia impressione, aggiunge: "Guarda, nonno, proprio al centro della nuvola, non ti sembra il viso di un bambino che sorride?".

75

Il caldo si faceva via, via sempre più torrido mentre l'aria, immobile, si tramutava in afa.

Forse fu proprio quest'ultima, perlomeno in parte (se non la randellata che leggerai più avanti), la causa della mia difficoltà di respirazione e del presentarsi, non tanto alla vista quanto a livello di sensazioni, eventi che da una specie di regno dell'immaginazione, si trasformavano via via nella percezione di cose che sarebbero accadute di lì a poco, e puntualmente si verificavano.

In linea teorica la sensazione, in quanto conoscenza, riguarda sempre ciò che è, quindi non inganna mai.

Rispetto alla impressioni presenti in ciascuno di noi, da cui sorgono le sensazioni e le opinioni corrispondenti, è difficile dimostrare che queste impressioni non sono vere, in effetti, dal momento che ci sono, sono inconfutabili (Socrate).

76

A volte vengono alla mente orrori che non mi riesce di scacciare subito, tutt'ora non riesco a liberarmi dal timore che anche soltanto un vago pensiero qualche natura malefica possa farlo avverare.

Per alcune ragioni che il lettore più in là troverà validissime, per quanto la cosa mi ripugni dovrò riportarla integralmente. Sento in cuor mio la sofferenza per le ferite che queste rinnoveranno, ancora oggi, benché sia passato tanto tempo, mi chiedo con stupore che cosa mai avesse potuto indurmi in quella terribile abiezione da sembrarmi essere accaduto soltanto in un brutto sogno lontano.

77

Otello nei miei confronti era soltanto un novizio. Ero sempre con la mente allo specialista che mi aveva informato del mio basso conteggio di spermatozoi da giustificare la difficoltà che aveva mia moglie di rimanere incinta. È tutta una storia che trabocca di immagini che si svolgevano nella mia testa, di notte riuscivo perfino ad evocarle e renderle visibili sulle ante di acero dell'armadio di fronte al letto.

Non so come sia potuta accadere quella cosa che mi rese intollerabile l'idea che mia moglie potesse portare un altro figlio dentro di sé (non ci voglio più pensare) fino al punto da indurla ad abortire (avevamo due figli, e non ne volevamo altri. Già, ne volevamo soltanto due) e quella cosa terribile mi ha fatto accettare il tormento del rimorso come giusta espiazione.

Fu da quella stessa notte che cominciai ad avere le "traveggole", sotto forma di punti luminosi fluttuanti dalle forme geometriche, che scendevano dall'alto e io le riportavo su, si avvicinavano e allontanavano in una sorta di fata Morgana.

Un puntino in particolare, che non mi riesce di descrivere meglio, rimaneva sempre fisso, tanto da ingenerami con la sua realtà una specie di ansia, di smarrimento.

Tuttora, quando mia moglie esce per le piccole compere quotidiane, rimango in apnea finché non rientra in casa, solo allora tiro un lungo sospiro di sollievo.

Qualche altra volta questa spiacevole sensazione mi prende perfino quando esce dalla stanza, ho sempre nella testa quelle sue urla: "Smettilaaa, smettila, smettila, smettila", poi piange e ride. Forse la sto facendo impazzire accanto a me.

78

Nei momenti in cui si è soli a credere nella possibilità del concretizzarsi di certe idee, si è assaliti da dubbi tormentosi, per meglio raccapezzarmi mi toccherà indugiare su alcune circostanze e tornare al giorno precedente quel fatidico 11 agosto. Quella notte sognai una donna bellissima, ancora adesso al ricordo di quell'immagine non possono non venirmi i lucciconi.
Era mia madre, aveva un abito bianco che le copriva anche i piedi. Mi si avvicinò sussurrando:
"Svegliati, devi andare nella terra vicino al cielo".
All'alba di quella stessa notte, mia moglie si agitò più del solito, piangeva e con voce lacrimevole pronunciava parole senza senso. Accesi la lucina sul comodino e i suoi occhi mi guardarono con un'ombra di follia, uno sguardo che non aveva mai avuto prima, con voce chiara mi disse:
"Dove abbiamo sbagliato?".
Giurai a me stesso che avrei fatto qualche cosa, E questo giuramento mi portò a ricordare che quasi tutto quello che trovavo d'inesplicato o mi sfuggiva, mi diveniva chiaro nei sogni, era là che avrei dovuto cercare la risposta all'avvenimento più doloroso e prezioso della nostra vita.

79

La mattina mi svegliai con un lancinante mal di testa i cui sintomi erano caratterizzati da una spasmodica contrazione dei bulbi oculari, non so cosa mi prendeva, forse le ultime due o tre notti che avevo trascorso insonni mi avevano scosso il sistema nervoso più di quanto avessi immaginato.

Il giorno prima avevo avuto un'accesa discussione con mio padre e i miei fratelli durante la quale ebbi un'improvvisa esplosione di collera che mi fece perdere perfino la cognizione di che cosa ci stessimo occupando in quel momento. Forse mi ero comportato in maniera un po' troppo difensiva.

Per quanta cieca fiducia avessi in tutto ciò che i miei sensi elaboravano, cominciai a chiedermi se era corretto tutto ciò che pensavo e facevo, considerato che proprio quando mi sentivo me stesso (al mio meglio), quello che mi illudevo fosse il mio lato migliore, era considerato stravagante.

Eppure, erano proprio quei miei brevi istanti di black out, durante i quali non riuscivo nemmeno più a collegare le singole parole che mi venivano in mente, con il loro significato, che facevano diventare quell'angolo della mia stanza un posto in cui mi sentivo sicuro e felice.

Forse più che i mal di testa ricorrenti, dovrei parlare di moniti che mi risuonavano nella mente perché sapevo molto bene a cosa addebitare quelle sensazioni dolorose, erano diventate ormai una costante quando stava per accadermi qualche cosa.

Non mi restava altro che aspettare uno o due minuti, se soltanto quel breve tempo fosse durata la mia attesa, sarebbe stata una cosa buona per me.

Quella volta durò pochi secondi; da ciò arguii che sarebbe stata una cosa straordinaria e, vista a posteriori, straordinaria lo fu, eccome.

80

Partimmo da Napoli intorno alle cinque del mattino alla volta di Soverato dove eravamo soliti trascorrere le vacanze estive.

Vi sono molti luoghi meravigliosi al mondo (in alcuni vi sono stato) di altri ne ho sentito soltanto parlare, ma la Calabria… la Calabria ha qualcosa di magico, vi può accadere di tutto nelle fresche sere d'estate, anche un miracolo, e perfino che in una luce magica, l'anima di un bambino mai nato, si materializzi (un giorno qualche studioso saprà spiegarci tutto questo).

La Calabria non è affatto come la credono quelli che sono soliti parlarne senza esserci mai stati, senza averla mai vista se non in cartolina.

Ogni anno vi eravamo ricevuti con quella cordialità calabrese che non si può apprezzare se non la si conosce.

L'Hotel San Domenico si trova al margine nord della cittadina di Soverato. Le camere, quasi tutte con ampie balconate, affacciano direttamente sull'arenile di sabbia finissima incastonato nell'incantevole golfo di Squillace.

Visto dal mare, da Monasterace all'isola di Capo Rizzuto, con il massiccio della Sila che si staglia alle sue spalle che dà l'idea del Vesuvio, il golfo di Squillace è giustamente paragonato al golfo di Napoli.

Ma non è incantevole solo lo scenario naturale, affacciarsi da quelle terrazze, di notte, è come entrare in un mondo incantato, una visione per spettatori beati che crea un clima di attesa adeguato al tono di quel lieve sfrigolio della risacca.

Tendere l'orecchio a quel mormorio è bello come ascoltare una favola, tu l'ascolterai volentieri quella favola e ti sarà dolce fare atto d'umiltà davanti allo splendore reale della Luna e delle stelle, non offuscate dalle impurità delle nostre città con le loro luci artificiali che non ti fanno sapere più nulla della magia di un crepuscolo, per non dire delle luci limpide delle lampare, tra il bluastro e il rosa, basse, al di sotto dell'orizzonte.

Insomma, l'atmosfera è talmente bella che lascia pensare a presenze divine.

81

Eccomi pronto, dunque, a riprendere il racconto.

Marciando alla media oraria di circa ottanta chilometri, impiegammo sei ore a coprire i quattrocentocinquanta chilometri che ci separavano da Soverato, compresa una breve sosta in un autogrill per sgranchirci le gambe, sorbirci un ennesimo caffè, e per quella che il buon principe Antonio de Curtis (Totò) soleva definire: esigenza fisico-idraulica.

Già a un centinaio di metri prima di raggiungere l'albergo, notammo un capannello di persone dall'aria familiare ferme sull'ingresso.

Riconobbi subito la testa un po' pelata di zio Michele (il dottor Michele Perniciaro), gli abitanti di Soverato lo onorano in una sorta di venerazione.

Non scendeva mai in spiaggia senza l'immancabile valigetta del pronto soccorso che la sua fida assistente (la moglie Maria) gli controllava ogni mattina.

82

Non posso farne a me di raccontare un episodio che ricordo sempre con tenerezza (quando si parla di Michele sia che sia io a parlarne o che lo facciano gli altri, provo sempre una grande emozione).

Di tanto in tanto, dalla spiaggia di Soverato vedevamo passare all'orizzonte qualche transatlantico, uno di quei mastodonti che quando filano a oltre ventidue miglia all'ora, spostano una quantità d'acqua spaventosa, e regolarmente, a distanza di tempo più o meno lungo dal loro passaggio, arrivavano sulla spiaggia grossi marosi e si vedevano le mamme accorrere per salvare i propri bambini.

In uno di questi enormi cavalloni, vi fu coinvolto Riccardo.

Un giorno stavamo giocando a tressette (si fa per dire) sotto la capannina di frasche che ogni anno Franco il falegname allestiva appositamente per noi.

Improvvisamente l'aria fu lacerata da un urlo disumano, uno di quegli urli che solo una mamma che vede il proprio figlioletto in gravissimo pericolo è in grado di lanciare.

Gettammo in aria le carte e accorremmo tutti, noi "giocatori" e il gruppetto di amici scocciatori tanto bravi con le loro giocate col senno di poi.

Come avevo temuto, era stata proprio Maria Nunzia a lanciare quell'allarme, e dalle poche parole che riuscì a farfugliare prima di perdere i sensi afferrammo soltanto: "Riccardo!!!".

Fu più che sufficiente perché ci sparpagliassimo in tutte le direzioni; non c'era persona che non lo conoscesse (pochi giorni prima al compimento dei suoi primi quattro anni a un concorso per bambini belli fu nominato Mister Soverato).

83

Mentre ero incerto su quale direzione prendere, una tremenda emicrania mi bloccò, una fitta, ma durò soltanto un secondo, poi, come uno scoppio nella mia testa balenò una voce: "Nonno!!!".

"Gioia del nonno", gridai felice di aver individuato la direzione verso cui mandare il mio segnale di risposta e mi precipitai direttamente in mare. Lo avvistai subito, era incastrato sotto uno dei galleggianti del pedalò di salvataggio.

Afferrai quel corpicino inerte, aveva la bava alla bocca, e inebetito urlai: "Micheleee!".

Nel girarmi me lo trovai davanti come un'apparizione, mi sembrò un gigante, un dio, e per la prima volta in vita mia assistetti al portento di una professionalità che diventa poesia.

Senza scomporsi più di tanto, lo afferrò per i piedi e lo mise a testa in giù, mai avrei immaginato che le cataratte del cielo potessero contenere tanta acqua.

Dopo un poco lo adagiò su un grosso accappatoio sulla sabbia, e dopo aver urlato a Franco di tenere pronta la macchina, con una manona, che tale mi sembrò, iniziò un energico massaggio cuore-polmoni.

La folle corsa di Franco verso l'ospedale strombazzando a più non posso, con la lunga teoria di auto di amici e parenti, fece pensare a tutto il paese a un matrimonio (è usanza locale che le auto degli invitati formino un corteo dietro a quella della sposa suonando i clacson a tutto spiano, per richiamare l'attenzione di tutti i compaesani sull'avvenimento), la folle corsa, dicevo, non servì a niente.

Si vede che il piccoletto non aveva bevuto abbastanza, perché sullo spiazzale dell'ospedale ci fece piangere e ridere a tutti quanti quando, con un filo di voce chiese a zio Michele che ancora lo stringeva in braccio: "Un bicchiere d'acqua con le bollicine". Ti risparmio la mia reazione quando mi disse: "Nonno, io ti avevo chiamato".

84

Ritornando davanti all'Hotel San Domenico.

La prima idea che mi venne in mente vedendo quell'assembramento fu che forse era in atto un congresso (l'albergo è rinomato anche per questo, di solito i congressi vi si fanno in bassa stagione, ma lì le stagioni sono così temperate, che a Soverato quando non è estate, è sempre primavera).

Appena arrivammo in corrispondenza dell'albergo si scatenò un putiferio.

Dalla hall uscirono, con mio figlio Antonello in testa, tutti i soliti amici dell'estate che ricevettero Clara con un calorosissimo applauso, e cantandole la canzoncina *Tanti auguri a te*, la estrassero quasi a viva forza dall'auto. Dio mio, Santa Chiara, era l'onomastico di mia moglie ed ancora una volta me ne ero dimenticato.

Ci volle del bello e del buono per farmi perdonare (chi la conosce mi capisce), ma si sa gli "scrittori" tutti un po' lunatici.

Dopo i vari convenevoli a base di abbracci e strette di mani, sapemmo della gita sulla Sila in programma proprio quella mattina, e ci apprestammo all'ardua sistemazione delle rispettive auto – chi voleva andare con questo e chi con quello – come Dio volle ci avviammo (mi sembra superfluo aggiungere che Fabrizio e Riccardo volle venire col coi nonni).

Raggiungemmo il favoloso bosco di Mongiana, in località Serra San Bruno in poco meno di un'ora.

Erano le dodici e trenta precise quando ci insediammo sotto una di quelle capannine allestite dai vari comuni della zona, fornite di lunghi tavoloni e rispettive panche, nonché di barbecue dotati già di ciocchi pronti all'uso.

Io con i nipotini e un loro cuginetto, Luca, partimmo alla ricerca di piccoli sterpi secchi che sarebbero serviti per avviare l'accensione della brace (chi ne parla soltanto è portato a pensare ad una operazione facile facile, ma non è proprio così).

Raccolta una buona quantità di questi legnetti, poiché i bambini volevano continuare ancora per un poco la scalata che li aveva divertiti tanto, consegnata l'esca alla base, riprendemmo la scalata.

A un certo punto, l'erta divenne tanto ripida e impervia, che ad ogni passo in avanti, ne facevamo due indietro e i bambini si sbellicavano dal ridere, a un certo punto Riccardo rideva talmente forte che mi disse: "Nonno, mi sono fatto la pipì addosso".

86

I lettori non si meraviglino se nel leggere i fatti noteranno qualche piccolo sfasamento in merito alla "combinazione cronologica", perché, per qualche strano motivo, il tempo, ritengo, e non i miei sogni, con me non rispetta alcun ordine cronologico, per cui alcuni avvenimenti, spesso indipendenti l'uno dall'altro, mi si intrecciano talvolta con altri avvenuti prima o dopo e quindi non mi è possibile farne un elenco ordinato. Il fatto è che, scalando, scalando, non ci eravamo resi conto del tempo che era trascorso, e arrivati sulla cima della montagna, con una nuvola che quasi incombeva su di noi, mi ricordai delle parole di mia madre: "Enzo, Enzo, svegliati, devi andare nella terra vicino al cielo".

Il ricordo di quelle parole però, un poco mi angustiava, perché mai mamma mi aveva avvisato? Quand'ecco, un improvviso svolazzare di innumerevoli farfalle spaventate dalla nostra presenza che si alzarono dal campo dei fiori come fossero anch'esse fiori, fiori alati.

L'idea dei fiori alati eccitò talmente la mia fantasia che mi persi in una sorta di sogno ad occhi aperti.

"Se è mai esistita una montagna incantata, è proprio questa", mi dissi, mentre fantasticavo tra queste realtà, ecco... il bambino dei sogni di tutte le notti.

Fu la sua posizione innaturale (il fatto che si sporgeva tanto contro la forza di gravità, senza scivolare di sotto) che mi faceva pensare a un fantasmino, uno di quegli angioletti che si vedevano sulle prue delle navi, una polena, ma, al tempo stesso dava l'impressione di essere più reale di una creatura umana, la sua risatina argentina aveva un tono delizioso, limpido, come una campanellina di cristallo, dal viso d'angelo di quel bambino, capii finalmente chi era.

Ancora trasognato, fui "risvegliato" da un urlo di Antonello: "Papà, ma che cavolo state facendo qua sopra da tre ore, le mamme di questi stanno come due pazze, mo' te le senti tu".

87

Con sommo dispiacere dci ragazzi, (da poco avevamo scorto in lontananza la casetta di Biancaneve, così dissi loro), riprendemmo la via del ritorno (la discesa fu molto più ardua, meno male che c'era Antonello con noi).

La brace aveva nel frattempo raggiunto il punto giusto, quand'ecco apparire Federico e Graziella (i miei consuoceri) con due grossi borsoni.

Per darti l'idea di quello che fuoruscì da quelle sacche, immagina al posto di Federico e Graziella, Mary Poppins e lo spazzacamino, che mi fecero sentire veramente in un bosco incantato.

Mentre pregustavamo la "braciata" attraverso il suo olezzo, Michele, con una funzione degna di una *ouverture*, dava il la agli orchestrali per l'attacco ai ruoti di pasta al forno alla siciliana (alla faccia dei trigliceridi e del colesterolo), tra un boccone e l'altro ci alternavamo un po' tutti al governo della brace.

Federico andava avanti e indietro da un vicino ruscelletto nel quale aveva adagiato religiosamente un canestrello con una buona dozzina di bottiglie di Cirò che, freddo al punto giusto, era una vera delizia.

Michele ogni volta che dava la stura a una bottiglia invitava Federico a cantarci qualche cosa (aveva una voce stentorea, io dicevo "teno-rinale"). Iniziava sempre con la romanza *Mamma quel vino è generoso*, e gli arrivavano puntualmente in faccia i tovaglioli appallottolati, per finire quasi sempre, istigato dai ragazzi col fare una sorta di scioglilingua a base di "vecchie pazze che mettevano delle pezze sopra un pozzo", e più tracannava, per essere in tema con la *Cavalleria rusticana* e più le parole gli uscivano sconclusionate, e i ragazzi si sbellicavano dalle   risate.

Dopo essere stati ben ingozzati dalle loro mamme (maniache, dicevo io), i bambini chiesero il permesso di alzarsi da tavola, e, attentamente seguiti dalle loro tate, cominciarono a rincorrersi nel bosco.

88

A questo punto mi preme dire come eravamo sistemati logisticamente.

La tavola, o per meglio dire il tavolone, era stato previsto per almeno una quarantina di commensali, e poiché eravamo in quindici, ne occupammo disciplinatamente poco meno della metà.

All'altro capo del tavolo, proprio all'estremità, vi era seduto un bambino (con un senso di colpa guardai verso mia moglie che diceva sempre che io le cose le sognavo), e poiché era girata dall'altra parte, potei prestare maggior attenzione.

Sì, c'era proprio un bambino seduto all'altro capo del tavolo e nel momento stesso in cui i nostri ragazzi si alzarono per andare a giocare, scattò per rincorrerli.

Era solo, aveva una tunichetta azzurrina, era senza scarpe e "avrei giurato" anche senza piedi. Guardai di nuovo verso mia moglie, per fortuna era completamente presa in una discussione con Graziella.

Quel bambino, "volava", e quando si girò a guardarmi, il suo volto triste mi fece rabbrividire, un bambino che rincorre altri bambini dovrebbe ridere gioiosamente, in realtà anche lui rideva nel rincorrere i ragazzi, ma quando incrociava il mio sguardo, tornava serio.

Clara mi stava osservando mentre facendo finta di niente mi avviai verso il barbecue, vi giunsi proprio mentre Riccardo mi si stava avvicinando con in mano una grossa pistola giocattolo a acqua.

"Nonno, me la potresti caricare?".

89

"Guarda che la fontanella è qui vicino", gli risposi, "la puoi caricare tu stesso".

Mentre si avvicinava timidamente (vi erano altri gitanti in fila intenti a sciacquare frutta o a riempire le borracce), con la coda dell'occhio lo vidi deviare verso una piccola folla che si era formata non lontano dalla fontanella, alimentata da un filino d'acqua che filtrava dalle rocce, quasi interamente occupata da un'anguria gigantesca.

Nell'attimo stesso in cui immerse la lunga canna della pistola in quella specie di laghetto in miniatura, una lama di luce filtrò attraverso l'intrico dei rami andando a illuminargli la mano (consiglio di annotare questo dettaglio) con "l'arma" ben carica, tutto soddisfatto, tornò verso di me.

Da una distanza di sicurezza dal fuoco, cominciò a indirizzare piccoli spruzzi alla base della brace per il piacere di sentire quel caratteristico pff, pff.

Quello che videro i mie occhi mi lasciò impietrito.

Corsi subito da Michele (non l'avessi mai fatto) col pretesto che venisse a controllare le sue patate messe sotto la cenere (ne era ghiotto, guai a non mettergliene una o due ogni volta che a casa accendevano il camino).

Dovetti ingaggiare una vera e propria colluttazione con Riccardo perché mi desse un attimo solo la pistola, e mentre quasi piangeva disperato ripetei il gesto che aveva fatto lui.

Un'espressione di stupore comparve negli occhi di Michele che s'incupirono fino a diventare due fessure, e mentre sbiancava in viso, con voce soffocata mi disse:

"Che cazzo di trucco hai fatto?".

Nello stesso istante, fui assalito da incubi confusi, c'erano delle bottiglie sospese sopra di me, ero stanco, una spossatezza infinita mi chiuse gli occhi.

Quando li riaprii, c'erano le luci di un corridoio che mi sfilavano davanti agli occhi. "Michele?", dissi, o perlomeno mi sembrò di averlo detto, ma dalle mie labbra non dovette uscire alcun suono, mentre, quasi nuotando il mio corpo si sforzava di riemergere da quella specie di pania colorata. Ad ogni mio sforzo, una forza contraria, energica e delicata di qualcuno, mi esortava a rimanere immobile.

Mi svegliarono una serie di schiaffetti sulla guancia sinistra e una voce che diceva: "Come vi sentite? Come vi sentite?". Avevo sognato che stavo per annegare e di scorgere una luce in superficie, e a quella voce smisi di trattenere il respiro.

90

Uscii molto lentamente da una sorta di letargo. "Dove sono?", chiesi, perlomeno mi parve di aver posta questa domanda. Mentre cercavo di sollevare la mano sinistra per tastarmi la testa, un'altra mano me la bloccò di colpo, e la costrinse a posarsi nuovamente sulla coperta, con la destra potei toccare una grossa fasciatura che mi partiva dalla gola e arrivava all'ombelico.

"Come vi sentite?", riprese a chiedermi qualcuno, non mi riusciva di rispondergli, o forse stranamente non mi andava di farlo. Alzai il pollice e abbassai le sopracciglia, come a dire: "Okay".

Non mi riusciva di muovere il braccio sinistro e voltandomi da quella parte vidi Clara che me lo teneva fermo e un tubicino che scendendo dall'alto andava a nascondersi sotto un cerotto quasi all'altezza della piegatura del braccio. Ebbi la sensazione che Clara non si fosse mai mossa da vicino a me per tutto il tempo che ero rimasto "di là".

"Grazie di essere tornato", mi disse appena s'accorse che avevo ripreso i sensi.

"Grazie di esserti fatta trovare puntuale", le risposi.

Ma non avevo alcun dubbio che fosse stata lei, non so come, a richiamarmi in vita.

Le chiesi ancora di Michele, ma dovetti parlare ancora una volta troppo a bassa voce. Riprovai, questa volta con tono più sostenuto, stessa scena muta, ma dal modo come mi guardavano… capii il peggio, e cominciai a piangere, stranamente non per lui, piangevo per me, per aver perso un amico che mi era così caro e per la domanda che avrei voluto porgli la cui risposta sarebbe rimasta inespressa.

A un certo punto, il dottore pregò tutti i parenti di uscire perché ero ancora sotto narcosi e stavo delirando, mentre mia moglie si avviava alla porta, si fermò e tornò indietro.

"Dottore, mi scusi, ma io non credo che mio marito stesse delirando".

"Ma non ha sentito anche lei che vede un bambino con la pistola? Non ha sentito? 'Riccardo, la pistola, le termiti', e poi chi sarebbe mai questo bambino?".

"È un mio nipotino di quattro anni".

"Ah, ha visto? Come potrebbe un bambino di quattro anni aver una pistola?".

"Veramente l'allusione è a una pistola ad acqua".

Trascorsero molti mesi prima che mi rendessi realmente conto che Michele non avrebbe potuto più essermi d'aiuto. Ma un giorno.

91

Soverato (CZ).

Passeggiavo per il lungomare volgendo lo sguardo di qua e di là, avevo una meta, i giardini prospicienti la chiesa di Maria Ausiliatrice dove ero solito aspettare mia moglie all'uscita della messa vespertina.

La mia solita panchina era libera (così mi parve) ma rimasi così sorpreso quando mi avvicinai, nel trovami di fronte a un uomo anziano che sedeva sul lato leggermente in ombra, che per un attimo restai immobile.

Portava un cappellino con la visiera abbassata sulla fronte, come se non avesse voluto farsi riconoscere. Per un attimo ebbi l'impressione che avesse qualcosa di vagamente familiare, e in un angolo della mia mente cominciai a pensare che il nostro incontro non fosse stato del tutto fortuito (ma conclusi che la mia idea era assurda e irrazionale).

Il "vecchietto" che tanto vecchio non doveva essere in verità, si spostò sull'estremità sinistra della panchina, come se avesse voluto invitarmi a sedermi vicino a lui, e darmi il minor fastidio possibile.

Il fatto che mi avesse lasciato tanto spazio, mi fece capire che sarebbe stato contento se mi fossi seduto vicino a lui (cosa che avevo già intuito) ma quel tacito invito a sedermi mi procurò un curioso senso d'insicurezza, come se non sapessi più perché mi trovavo lì, e che cosa avrei dovuto fare.

92

Cercando di non dare troppo peso a quella strana situazione, mi sedetti.

La panchina mi sembrò subito diversa dal solito e mi sentii sprofondare come in un soffice materasso fatto di nuvola. Per quanto fossi trasognato, mi riproposi di rimanere in guardia.

Vedevo lo spettacolo delle persone che si avviavano verso il sagrato, ma in realtà non vedevo niente, insomma il problema era se fossi coscientemente presente.

Ero quasi riuscito a distogliere lo sguardo dal mio "compagno" di panchina per iniziare a leggere il giornale sotto il lampione, quando un pensiero mi fece tornare a guardarlo.

I suoi occhi erano chiusi, sembrava assorto in ricordi che dovevano essere sicuramente lieti perché il sul suo viso appariva un lieve sorriso.

All'improvviso, senza nessun motivo apparente, una grossa lacrima gli solcò una guancia, poi, con tono suadente, con una voce che avevo già udito ma in qualche modo falsata, una voce, pensai, che sarebbe stato bello ascoltare a lungo, una voce, che sapevo, per quanto fossi frastornato, che proveniva non da una bocca, ma da un'anima, da uno spirito, perché aveva la purezza profonda di una musica, mi disse:

"Ascolta, e non meravigliarti di niente".

Niente infatti, poteva meravigliarmi di lui, non saprei dire se provai più gioia o dolore, ma subito mi tolse dall'imbarazzo.

"Sciocco che non sei altro, ma non l'hai visto il bambino?", e scoppiò a ridere.

Quando Michele rideva, non c'era modo di non restarne contagiati e mi misi a ridere anch'io. Ma più riflettevo su ciò che mi stava accadendo, e più mi convincevo che stavo proprio parlando con… e il convincimento mi veniva proprio dal fatto che era medico e ricercatore, perché la "cosa" mi sembrò molto ben curata sotto l'aspetto "bio-matematico".

"Ho pensato", continuò, "che fosse mio dovere nei confronti tuoi e della tua splendida moglie di fornirti certe 'informazioni' di cui con altri mezzi, ne sareste venuti in possesso troppo tardi. Fino a che punto vi si riveleranno utili sarete voi a giudicarlo".

Non avevo alcuna intenzione di mettere fine alle sue parole che per la verità mi incuriosivano molto, stavo per interromperlo quando lui, intervenendo sulla mia maledetta abitudine di interrompere il mio interlocutore, sempre ridendo aggiunse: "Ragazzo mio, oggi non posso dirti niente, domani. Domani appena sentirete la campanella entrerete in chiesa tu e Clara e reciterete sette *pater noster* per sette volte, non occorre che li recitiate fino in fondo, sarà importante però arrivare ogni volta alle parole *fiat volontas tua*".

Si alzò, e appoggiandosi a un bastone, si avviò verso la chiesa.

Non risposi, mi arresi a "un'evidenza"? Ad ogni buon conto, pur non sapendo che fare in quel momento, mi alzai anch'io, e mentre scendevo i due o tre gradini che dividevano i giardini dalla strada, mi gridò:

"Domani, e porta anche la mamma".

E sentivo di nuovo gli scoppi di risa. Poi, riprendendo un'aria seria:

"La fonte, ricordatevi la fonte".

93

La mattina seguente.

Ignaro del ruolo fondamentale che avrei avuto nel corso di una… vicenda di lì a pochi minuti, in una sorta di premonizione mi trovai coinvolto in un equivoco che indusse la folla che si era accalcata intorno a noi a scambiarmi per il rapitore di un bambino. Non so come accadde, ma mi trovai steso per terra, mentre una grossa ambulanza bianca con la luce intermittente blu e la scritta sulla fiancata "Dono del Banco di Napoli" mi si fermava accanto.

Un uomo scese dalla cabina di guida e corse ad aprire gli sportelli posteriori da dove saltarono fuori due portantini che estrassero in fretta una barella.

Un minuto dopo uscì un dottore che mi si inginocchiò accanto per una prima sommaria visita, da una ferita alla testa era colato un filo di sangue lungo la tempia che dava l'impressione di una profonda spaccatura, un anziana signora (che più avanti incontrerò), disse: "Lasciatelo stare, non vedete che è morto?", mentre si faceva il segno della croce.

Avrei voluto gridarle: "Signora, fatevi i cazzi vostri, lasciateli lavorare", ma venni materialmente strappato da quella riflessione e preferii assopirmi.

Molti sostengono, ancora oggi quando ne parliamo, che la colpa fu del caldo terribilmente afoso di quei giorni). In breve, incrociai un manganello che mise quasi fine ai miei giorni, fui fortunato a sopravvivere dopo quella profonda ferita alla testa, ma rimasi soggetto a improvvisi obnubilamenti per diversi giorni (è stato quello uno dei primi avvenimenti della mia esistenza a produrre un terribile effetto sulla mia mente), dopodiché iniziarono le mie frequenti e strane sensazioni, alcune le considero così sciocche da non meritare di essere riferite.

Uscendo dall'albergo per andare a comprare il giornale, notai strani movimenti nel parcheggio.

Due ragazzini furono fatti salire in fretta e furia sul sedile posteriore di un'auto azzurra.

Continuando il cammino, arrivato all'altezza del bar Miramare m'accorsi di essere stato seguito lentamente da quell'auto, e che era della polizia.

Improvvisamente, dal senso opposto della strada, con le sirene spiegate, arrivò una seconda auto di "rinforzo". Giunti alla mia altezza fecero una brusca frenata in contemporanea, le auto non erano ancora completamente ferme quando balzarono fuori quattro poliziotti, due dei quali, armati di mitragliette, mi intimarono: "Mani sulla testa, non ti muovere, mani sulla testa!". Uno dei due mi mise perfino il mitra in faccia, mentre l'altro pretese che mi mettessi bocconi a faccia a terra.

Nel frattempo, quello che verosimilmente doveva essere il capo pattuglia (era in borghese), fece scendere i due ragazzini dall'auto i quali facevano segni di assenso con la testa.

Pur trovandomi in quella situazione, a dir poco drammatica, non potei non associare, certamente per analogia, la mia situazione a quella di Socrate, e quella dei due ragazzi ad Anito e Meleto, i suoi principali accusatori (mancava solo il terzo, Licone).

94

Arrivati in caserma, il comandante, dopo avermi sbattuto con violenza su una sedia, mi urla:
"Dove hai portato il bambino?".
La stanza cominciò a girarmi intorno, una specie di armadio classificatore sulla parete di fronte mi si avvicinava e si allontanava, mille pensieri mi si affollavano nella testa ma non mi facevano fare alcun passo verso la soluzione di quest'assurdità.
Ero impietrito dallo stupore mentre mi sforzavo di dare una sequenza logica a questo sconcertante susseguirsi di avvenimenti, mentre cominciavo a pensare a una candid camera (mi ero sempre detto che mai e poi vi sarei caduto, ma questa, se lo era, era stata organizzato proprio con tutti i crismi). Un agente irruppe nello stanzone giusto in tempo per bloccare alcuni esagitati che volevano linciarmi, ma non quello che mi diede una bastonate in testa, probabilmente con la sua connivenza.
Con un urlo di collera provai ad alzarmi in piedi, e ciò che accadde non riuscii mai più a ricordarlo.
Solamente sentii nella testa come se qualcosa si stesse spaccando, mentre una luce accecante che avevano posizionata proprio di fronte a me si accendeva e si spegneva.
Un poliziotto "caritatevole" mi offrì un bicchiere di limonata amara che gradii moltissimo, ma dopo pochi secondi sentii che stavo per perdere conoscenza, ciononostante, conservavo ancora una relativa lucidità.
Ma da quel momento tutto ciò che vedevo assumeva il colore blu scuro (mi facevano pensare a Pablo Picasso e al suo periodo blu), e tutte, avevano origine dagli occhiali del poliziotto che mi stava di fronte.

Qualcuno mi mise davanti un blocchetto e una penna, in un primo momento mi rifiutai di scrivere qualsiasi cosa, ma credo di aver finito per scrivere qualche parola, probabilmente senza senso.

Dopodiché, mi accordarono un poco di riposo, e mi assopii.

Al risveglio mi sentii del tutto normale, avevo soltanto un senso di spossatezza che però tendeva a scomparire.

Dovette passare un intero secolo, o forse un'eternità di lampi che si accendevano e si spegnevano, di rumori assordanti, di voci che urlavano, di movimenti frenetici, provai a parlare ad alta voce per cercare di sentire me stesso e che cosa dicessi, ma pare proprio che nessuno mi avesse udito, mentre alcune persone parlavano rivolte a me e mi schernivano, altri provavano a raggiungermi in una sorta di inseguimento, mentre invece ero lì fermo e non riuscivo a muovermi, a fuggire.

95

Quando mi svegliai, le luci erano diventare soffuse, con un gemito mi portai le mani alla testa che ancora mi doleva.

Giacevo in un morbido letto d'ospedale, cercai di capire quanto tempo era trascorso, ma non mi veniva in mente alcuna unità di misura, l'orologio non mi avrebbe detto niente, non aveva il datario, "Sto sognando" mi dissi a bassa voce, proprio mentre mi giungeva un suggerimento di Guglielmo: "Prendi tempo".

Qui misi in atto una mia vecchia prerogativa che era quella di addormentarmi a comando per un "sogno prospettico" in cui un individuo tenta di risolvere in sogno un problema insoluto, attuale o passato. (pare che fosse anche la dote dei grandi combattenti che riuscivano a dormire un'oretta prima delle grandi battaglie). Al risveglio sarei stato pronto alla pugna, forse?

Nel frattempo fuori dal commissariato – col passa parola – si era formata una folla straripante, un grosso sasso formò un grande rosone sul cristallo antisfondamento della finestra, era corsa voce che avevano incastrato il rapitore pedofilo del bambino (la sera prima era scomparso un bambino da Soverato).

A questo punto non posso non tornare al momento in cui Michele (perché di Michele si trattava, almeno), mi lasciò nei giardini davanti al sagrato della chiesa, e "confessare" tutto.

Che Dio mi aiuti, mi dissi, dirò tutto, anche se non ho alcuna speranza che possa essere creduta nemmeno una virgola di ciò che dirò, sarei un folle a sperarlo, ma intendo fare ampia "confessione", anche se ciò dovesse costarmi veramente la galera.

96

Non ne avevo fatto parola con nessuno di questa storia perché l'avevo attribuita ad una delle mie solite "allucinazioni"; in modo particolare per non farlo sapere a mia moglie, convinta com'era che io fossi appunto un visionario.

Anche tante altre piccole cose di questo genere gliele avevo taciute. Insomma, nell'attimo in cui Michele mi lasciò, mi passò davanti un bambino che trainava un camioncino di legno attaccato a una cordicella. Quale non fu il mio sbalordimento nel riconoscere quel giocattolo, e nell'accorgermi che il viso triste di quel bambino era l'immagine perfetta dei mie tre figli messi insieme.

Cominciò ad allontanarsi col visino rivolto all'indietro e io non resistetti dal seguirlo. Fatti pochi metri, sempre trainando quella macchinina dallo strano effetto ipnotico, si addentrò in un grosso cespuglio, e anche lì lo seguii, ma arrivato nei pressi di un grosso tronco, sparì.

Sapendo che avevo questo genere di "visioni" preferii non farne parola con nessuno, in modo particolare con mia moglie.

97

E qui devo "confessare" un particolare di nessuna importanza (non si sa mai, siamo in epoca di DNA).

Dato che il fogliame molto folto, mi nascondeva alla vista di eventuali persone di passaggio, avendo il desiderio di urinare, lo esaudii. Nell'uscire dalla siepe con le mani ancora all'altezza della patta – soltanto ora mi sovviene, lucidamente – vidi i miei due accusatori che mi guardavano.

Tornando in questura.

Un funzionario mi concesse di fare una telefonata, ma per quanto mi sforzassi non riuscivo a inquadrare la persona che avrei potuto chiamare. Un lettore di libri polizieschi se la sarebbe cavata egregiamente chiamando il suo avvocato.

Il fatto è che io avevo bisogno di qualcuno che mi scagionasse, possibilmente subito, che mi fornisse un alibi, e l'unica "persona" che avrebbe potuto aiutarmi non era proprio il caso di menzionarla.

Trasognato dissi: "Rinuncio alla telefonata, voglio parlare col parroco della chiesa di Maria Ausiliatrice, del bambino se ne interesserà lui. Stasera".

"Chiii? Disgraziato, che avete fatto al bambino".

"Non posso parlare", risposi, "comunque questa sera il 'bambino' ritornerà alla luce".

In quel momento un cazzotto mi colpì alla tempia destra facendo rovesciare la sedia su cui ero legato per i polsi e finire sul pavimento.

"Stronzo, perché hai fatto questo, non sai che i bambini hanno paura del buio?".

Mentre un poliziotto "caritatevole" stava sollevando la sedia per rimettermi in posizione ritta, con un movimento (che solo più tardi definii "prestidigitatorio") sfilò dal taschino della mia camiciola un bigliettino passandolo al boxer che vi lesse ad alta voce le condizioni che io avrei dettato per la liberazione del bimbo, con tanto di numero di telefono della famiglia del "rapito", e il luogo in cui avrebbe dovuto avvenire la consegna del sequestrato previo pagamento del riscatto.

Non erano passati che pochi secondi quando irruppe il parroco che conduceva per mano mia moglie.

Ancora oggi non posso non commuovermi al ricordo di mia moglie così spaventata.

Ma che ci potevo fare? Che volevano da me questi farabutti.

Ma, "improvvisamente", il mal di testa, quel mal di testa, (che quasi sostituiva una chiamata telefonica), mi fece venire in mente le parole di Michele: "Domani. Domani quando suona la campanella, e porta pure la 'mamma' del bambino".

"La mamma del bambino, la mamma del bambino", ripetevo a me stesso questo interrogativo, quando, confuso, stavo cercando di ricordare le parole che avevo pronunciato in questura, beninteso se veramente le avevo dette: "Non posso aggiungere altro, questa sera in chiesa e deve venire pure la madre del bambino con me". Fu nel riflettere (ma ormai lo sapevo troppo bene, per incredibile che sia, chi fosse quel "bambino").

"La mamma del bambino, la mamma del bambino. Oh Cristo santo, la mamma del 'bambino' è Clara".

99

Era ormai tardo pomeriggio quando, con i polsi stretti dalle manette nascoste (per gentile concessione) dalla maglietta, venni fatto passare attraverso una doppia fila di poliziotti in tenuta antisommossa (vi erano non meno di tremila persone che si erano radunate, quasi tutto il paese) e ci avviammo in chiesa a liberare il bambino, attraversando quella folla inferocita.

Uno di loro avvicinandosi si dava da fare con le minacce, "Datelo a me questo criminale, gliela faccio vedere io".

"Ehi tu", gli gridò una vecchia che sembrava mia nonna, "ammazza quel porco", mentre due poliziotti che mi tenevano per le braccia cercavano di raggiungere il cellulare.

"Zozzo pedofilo", disse uno ad alta voce, dando fiato a quanti la pensavano come lui.

Mentre le voci di odio crescevano da ogni parte, mi arrivò addosso un primo sputo che diede inizio a una reazione a catena, tutti sputavano, coinvolgendo anche i quattro poliziotti che mi proteggevano.

A questo punto uno degli agenti dell'auto di scorta, vista l'impossibilità di muoversi del nostro furgone, infilò il busto nel finestrino aperto e tirò fuori il microfono del radiocomando: "Auto trentuno tredici, auto trentuno tredici a centrale, rispondete".

Dopo una serie di gracchii:

"Qui centrale, riferite, passo".

"Trentuno tredici bloccata lungomare altezza bar Miramare, catturato presunto rapitore, occorrono rinforzi, avvisare anche Criminalpol".

"Tre auto sono già partite".

"Le sentiamo, passo e chiudo".

"Pare che nel frastuono generale io abbia detto: 'Il bambino è in volo'".

Quest'ultima parola piombò come una folgore sulla gente accalcata, qualcuno capì, o così volle capire "il bambino è morto".

Appena mi ficcarono nel furgone, il mezzo fu letteralmente accerchiato da energumeni che picchiavano sulla lamiera del tetto.

Dal lato destro del cellulare si avvicinò un nano, era alto all'incirca un metro, aveva una testa spropositata, esibendo una fila di denti guasti, lanciò un grosso sputo sul vetro che mi fece venire il voltastomaco.

La folla si era così solidificata intorno a noi, mentre si sentivano altre sirene ululare in lontananza.

L'agente in piedi vicino alla macchina urlò al collega del furgone: "Tieniti pronto", mentre la mano gli correva alla fondina.

Estrasse la pistola, e tenendola alta esplose tre o quattro colpi in rapida successione a scopo intimidatorio, nel fuggi fuggi generale, urlò ancora più forte: "Metti in moto e squagliatela".

Il motore ruggì mentre la sirena squarciò l'aria.

Il guidatore, approfittando del disorientamento della calca, si aprì un varco tra la folla eccitata, inseguito per un po' da alcuni scalmanati, guadagnando la strada ormai sgombra proprio mentre arrivava un'altra consistente squadra di agenti che scesi dalle auto bloccarono il traffico dietro di noi, perché nessuno potesse seguirci.

Il tenente che comandava l'operazione tenne bloccato il traffico per circa dieci minuti, poi tolse il blocco. Quando arrivammo trovammo la chiesa completamente transennata, la gente urlante era tenuta a debita distanza.

Entrammo in chiesa giusto alle parole dell'officiante (quel giorno officiava la messa una di quei preti carismatici) "La messa è finita, andate in pace".

Ricordando la raccomandazione di Michele, chiesi ai miei carcerieri di farmi sedere sulla destra sulla panca dell'ultima fila.

Nel frattempo i fedeli erano defluiti ordinatamente – loro non sapevano niente del "pedofilo" catturato – dopo un poco sentimmo il cancello chiudersi con un tonfo, seguito dall'alto portale interno.

Eravamo rimasti soltanto noi, gli "addetti ai lavori".

Fu tutt'uno il rumore del grande portone che si chiudeva, e l'avvicinarsi del sacerdote al fonte battesimale che si trovava alla nostra sinistra, proprio in fondo alla chiesa.

Il volto di quel prete associava i bei lineamenti di un attore a un'espressione di dolore.

Nell'attimo in cui, silenzioso, alzò le braccia al cielo, io e mia moglie, incantati, ci alzammo dall'inginocchiatoio e ci dirigemmo verso di lui.

Nell'avvicinarci, il suo viso sofferente mi fece pensare a Cristo in croce.

Aveva un'espressione attonita e nella fissità dello sguardo le sue labbra si aprirono in un sorriso enigmatico. Ai suoi piedi vi era un piccolo braciere, un giovane diacono si avvicinò lasciandovi cadere alcune pietruzze d'incenso.

In un istante, una nube azzurrina cominciò a salire come aspirata da un'apertura fra le capriate del soffitto che lasciava intravedere uno spicchio di cielo.

Nel prostrarci ai suoi piedi (i poliziotti attoniti lasciavano fare) mi sembrò sul punto di stropicciarsi le mani che subito dopo immerse a coppa nella vaschetta di marmo proprio nel momento in cui un fascio di luce proveniente dal grande rosone soprastante la facciata della chiesa, squarciando la semioscurità che si era formata alla chiusura del grande portale, andò a colpire le sue mani (sempre tenute a coppa) proprio nell'attimo in cui le portava sulla verticale della testa di mia moglie.

Nell'aprirle, non uscì dell'acqua, come tutti ci saremmo aspettati di vedere, ma una brillante miriade di corpuscoli luminosi simili a coriandoli d'oro, mentre mi parve di sentire le parole: "Ora, è benedetto il frutto del tuo seno". In quel momento mi fu spontaneo associare l'espressione del viso di mia moglie, acceso di vita e di stupore, a quello della Pietà di Michelangelo.

Ci riavemmo dall'incantamento per le urla che provenivano dall'esterno, non so come, però, questa volta capimmo che erano grida di giubilo, avevano trovato il bambino, se lo erano "dimenticato" al ritorno dalla gita sulla Sila.

100

Mentre uscivamo da una porticina della sagrestia che dava in un giardino, un suono di campane, come la voce di un cielo che parlasse, sembrò giungere da una distanza infinita fino a noi. "Guarda", mi disse mia moglie, "sembra un mondo nuovo".

Non la volli svegliare, ma quando mi girai vidi il bellissimo prete sorridente che accennava un saluto con tre dita della mano destra, il cui movimento simboleggiava una croce, un'assoluzione.

Ci aveva fatti assolvere con la sua intercessione dal sogno più doloroso e prezioso che colpevolmente custodivamo, (Padre perdona loro perché non sapevano quello che facevano).

101

Lo "scherzo" che mi ha giocato la natura risale a molto tempo prima della mia nascita, quando ancora non ero nemmeno nei più lontani pensieri di mamma e papà. Ma ci fu "un intervento".

Napoli, 7 agosto 1922, via Michele Kerbaker 63, quarto piano.
Il mio fratellino era sul letto di morte allestito nel salone da pranzo, erano tutti lì, mamma e papà stavano seduti sul divano con i visi nascosti dalle mani. Tutte le donne, sedute in circolo, recitavano una preghiera collettiva.
Il nonno, nonno Carlo, si rinchiuse nel salotto, volle rimanere solo, guai a chi glielo toccava a Guglielmo, e adesso… spalancò il balcone e si accese la pipa.
Il tabacco se lo conciava lui stesso, era un rito. Glielo portava sempre un capomastro di Caserta, metteva queste grosse foglie in un bacile e vi versava sopra una bottiglia di vermut, dopo qualche giorno le metteva al sole a essiccare e la casa si riempiva di un profumo delicato (tutto questo finché non conobbe il tabacco inglese).

102

In quei giorni era ospite di una famiglia di costruttori napoletani (i Fernandes, ma non ne sono sicuro) in una villa di Posillipo, Oscar Wilde, sì, proprio il grande scrittore. Diventò buon amico anche del nonno, andavano spesso in barca a vela (nonno Carlo era proprio un navigatore). Successe "qualcosa" per cui lo scrittore si offese, e non tornò mai più a Napoli. Mio fratello Carlo (il primogenito) non volle raccontarmene il motivo. Soltanto in età adulta seppi dello "screzio". Un giorno in barca lo scrittore voleva… palpare per forza mio nonno in "certi posti" e il nonno lo schiaffeggiò, insomma era "ricchione" (per non usare l'altro termine più infamante), avrei commesso un anacronismo se avessi scritto gay, all'epoca di gay conoscevamo soltanto la cioccolata di Gay Odin.

103

Tornando dal mio fratellino Guglielmo.

Io, (è sempre mio fratello Carlo che parla), andavo avanti e indietro facendo gli onori di casa, stavo attraversando la saletta d'ingresso, quando vidi che fermo sull'uscio c'era il dottor Moscati – si proprio Giuseppe Moscati, quello che per le sue doti di carità più tardi sarebbe diventato santo –era il nostro medico di famiglia, lo feci subito accomodare, mamma e papà si scostarono e lo fecero sedere in mezzo a loro.

"Dovevi venire prima, Peppi'", gli disse mamma, io ti invocato, ma adesso è troppo tardi.

"Non è mai troppo tardi", rispose lui mentre poggiava delicatamente la mano sulla pancia di mamma, poi alzò gli occhi al soffitto, in corrispondenza del catafalco, e tenendo alte le due braccia come in contemplazione, le abbassò lentamente fino all'altezza del lettino in cui vi era deposto il corpicino del mio fratellino, come per adagiarvi "qualcosa", in quell'istante Guglielmo ebbe uno spasmo, alla meraviglia di tutti i presenti il dottore disse: "Ha esalato l'ultimo respiro", mentre aggiungeva, "il funerale non si può fare ancora, è troppo presto", e girato verso papà, "ai primi di ottobre ti unirai a Tina", e fece per allontanarsi proprio nel momento in cui entravano due signori incaricati al trasporto di mio fratello. Il dottore Moscati se li prese sotto braccio e mentre uscivano di casa sentii che diceva: "Il funerale lo farete domani mattina".

Nel frattempo avevo già bussato alla porta del nonno per fargli salutare il suo amico Peppino, dicendo:

"Nonno, nonno, vieni, c'è il dottor Moscati".

"Chi?", rispose.

"Il dottor Moscati".

Aprì la porta dicendo: "Dov'è Enrico?".

"Nonno, non era il professor Enrico, era il dottor Peppino".

"Tu che cazzo stai dicendo, Peppino è morto quattro anni fa".

Anch'io ricordai il fatto che il nostro medico era morto – è sempre mio fratello Carlo che parla – mi precipitai giù per le scale e trovai quei due signori che discutevano con l'autista, rimandando il funerale all'indomani. Mi avvicinai e gli chiesi del dottore.

"Quale dottore?".

"Quello che è sceso con voi".

"Con me? Con me non è sceso nessuno".

104

L'8 maggio 1933, nove mesi e pochi giorni dopo la morte di Guglielmo, nacqui io.

Fino al quinto mese di gravidanza inoltrato, mia mamma risultava incinta di due gemelli, ma la levatrice dovette prendere un abbaglio, tant'è vero che nacqui io solo.

Passarono diversi anni senza che accadesse niente, per la verità qualche piccolo episodio c'è stato, ma preferii non parlarne con nessuno.

In effetti, ma non più di due o tre volte, mi è capitato che uscendo dal portone di casa, nel dubbio se andare a destra o a sinistra "insomma", nel dubbio andavo in tutt'e due le direzioni.

C'era una cosa, però, che mi accadeva spesso, ed era che nel momento in cui leggevo l'insegna di un negozio, per esempio "salumeria", una sorta di eco mi rispondeva "airemulas", "macelleria" e l'eco "airellecam", "salone" "enolas".

Un giorno, per mettere fine a questa cosa curiosa, finsi di leggere "precipitevolissimevolmente", macché... l'eco, o cos'altro è, fu immediato "etnemlovemissilovetipicerp".

Al mio diciottesimo compleanno (ancora non ero maggiorenne, all'epoca lo si diventava a ventuno anni), mio fratello Carlo mi chiamò in camera sua, lui mi aveva visto fare certe "stranezze", e mi raccontò per filo e per segno la storia mia, e di mamma.

Aveva letto in un'enciclopedia medica, all'epoca del "fatto", che il mio caso era più che verosimile (il fatto era che mamma era incinta fino al quinto mese di due gemelli, e che vi era stata da parte mia una sorta di fagocitazione), man mano che lui parlava, io ricordavo sempre più episodi curiosi che mi erano capitati. Per farla breve, come se lui usasse la maieutica con me, più lui chiedeva e più io ricordavo. "Il sapere non è altro che un ricordare" (Socrate).

Finii col raccontargli un episodio capitatomi proprio poche sere prima, e che in qualche modo mi sembrò sintomatico di quanto mi aveva appena rivelato.

Avevamo da poco salutato Eduardo (il mio vecchio maestro di tressette) dopo una lunga nottata passata a giocare appunto a tressette.

Ero in testa al gruppetto di amici mentre stavamo per uscire dal portone, quando, istintivamente allargai le braccia, dicendo: "alt" e li bloccai. Tre secondi, giusto tre secondi, e una pioggia di calcinacci e persone precipitarono dal balcone del primo piano che aveva ceduto per il troppo carico, vi furono soltanto feriti. (Stavano passando i carri di Piedigrotta). I mie compagni cominciarono a guardarmi pensosi, ma non parlavano. "Ho sentito uno scricchiolio", mi giustificai.

"Abbiamo avuto un bel mazzo", disse uno.

"Sì, decisamente", risposi. In realtà non avevo sentito niente, o meglio, avevo sentito, eccome.

Avevo un "compagno" prezioso, e ne ebbi la riprova la sera dopo.

Eravamo stati invitati a passare una serata in casa di amici, mancavano pochi giorni alla Pasqua.

Mia moglie si era avviata e mi aspettava a casa di sua sorella Lina, dovevano discutere i alcuni particolari inerenti il pranzo di Pasqua, non prima di raccomandarmi di non scendere come al solito in jeans e maglietta.

Nell'attimo in cui aprivo l'armadio per prendere qualcosa da indossare, mancò la corrente.

Avevamo una buona pila da qualche parte, ma al buio non riuscii a trovarla, mi ricordai delle candele nel cassetto della cucina, e tastoni le trovai.

Ne accesi due, che fissai col noto sistema delle gocce, nei rispettivi piattini da caffè e le collocai sulle mensolette porta libri ai lati dell'armadio.

Aperte le ante con gli specchi, mi stavo giusto annodando la cravatta, quando mi accorsi che i coni di luce proiettati dalle candele, creavano una serie di riflessi che formavano una sorta di lunga galleria in cui la mia immagine si rifletteva per tutta la profondità, in una serie pressoché infinita, che si muoveva in sincronia con me.

Dovetti accettare (anche se la sola ipotesi mi creava un senso di fastidio fisico) che l'ultima immagine, quella più in profondità, non si muoveva affatto in sincronia con me, anzi, a ben guardare aveva tutt'altro abbigliamento, una specie di tunica.

Avevo già sentito parlare del fenomeno che la scienza chiama comunemente "dell'anima gemella", dove il trasporto dell'amore fraterno induce l'uno a vedere nell'altro un essere fondamentalmente somigliante a sé, fino a identificarsi in lui.

A onor del vero, in quel periodo soffrivo di diplopia, e perché la similitudine appaia calzante, occorrerà tenere presente che il fenomeno della diplopia è causato dall'infiammazione di un solo occhio.

Nel rigirarmi verso lo specchio, parlando da solo, riuscii a cavare risposte dalla mia mente sulla vita di mia madre che non sapevo di sapere.

In quel momento, la vecchia pendola che stava nel soggiorno, di cui ne avevo sempre elogiato la precisione svizzera, suonò tre volte, mentre una voce (una voce?) esclamò:

"Ah, è l'ora nona, devo andare, ciao fratellino".

"Mi svegliai tutto sudato sul divano, erano le tre del pomeriggio (l'ora nona), il sole aveva reso la mia testa di fuoco, mi precipitai in camera da letto per spegnere le ca…".

107

Napoli, 07/07/1992.

Doveva essere una giornata particolare, fin dalle prime luci dell'alba il telefono non aveva fatto altro che squillare in continuazione, era sempre mia moglie che si precipitava ad alzare la cornetta al primo squillo, come se avesse voluto evitare che fossi io a rispondere (solo questo mi spiegava quello che stava accadendo).

La sentivo parlare sottovoce, ma non diedi tanta importanza alla cosa, perché era sua abitudine, contrariamente alla mia, quella di parlare al telefono come in confessionale.

Avevo da poco sgomberato il tavolo da disegno ed ero intento ad appuntarvi un nuovo foglio, quando fui incuriosito da uno strano ticchettio alla porta d'ingresso che riconobbi come la bussata con le nocche.

Dalla sala d'ingresso proveniva come un trambusto smorzato, questa volta però non seppi attribuirlo a nessuna cosa.

Aprii silenziosamente la porta, tenendola accostata in modo da lasciare solo una fessura, e non visto, spiando, rimasi in ascolto.

Passò un lungo momento prima che riuscissi ad afferrare il senso di quel parlottio sommesso fra i miei fratelli e mia moglie, direi una bugia se dicessi che non credevo alla mie orecchie, perché ci credevo, eccome,

Contemporaneamente a quei sussurri, mia moglie, col viso mezzo girato all'indietro, come per invitare gli altri a seguirla, si avvicinava con circospezione al mio studio recitando una preghiera.

Stavo per urlare una bestemmia per fermare quella messa in scena, quando sentii lungo la schiena un brivido che andò a fermarsi in prossimità della nuca dandomi l'impressione come mi si stessero arricciando i capelli.

Come mi sarebbe piaciuto leggere negli occhi che almeno lei mi capiva (durò soltanto un attimo questo segno di debolezza).

Sapevo che mantenendo il silenzio non avrei fatto altro che far aumentare gli equivoci, e poi, per quanto assurdo fosse tutto questo, da qualche parte doveva essere nascosta una risposta.

Capita un poco a tutti quella sensazione di essere già stati in certi posti, di aver già vissuto certe esperienze, o di un rincorrersi di impressioni che mentre sono chiare a un tratto si allontanano e diventano ricordi confusi, impalpabili, rendendo più logico abbracciare la fantasia che accettare la realtà.

Per conto mio, se non fosse che la "cosa" mi danneggerebbe ulteriormente, sarei propenso a riconoscere in certi impulsi improvvisi, tentativi di contatto di spiriti superiori. "L'uomo, solo spogliandosi della sua umanità normale ed entrando in quello stato che confina con la follia, può accogliere in se il Dio" (Aristotele).

Poiché il termine scienza ancora non è inteso in tutta la sua maestosità, e in considerazione del fatto che l'elemento materia è ancora da considerarsi prevalente, e che alcune aspirazioni non trovano ancora un aperto sbocco verso la razionalità e la scienza, da questo momento, ho deciso che parlerò soltanto con chi non è di quelli che credono che non ci sia nient'altro se non quello che si può afferrare con le mani, racconterò tutto a mio figlio Andrea chiedendogli perdono per essermi risoluto così tardi.

Ospedale Psichiatrico di Girifalco (CZ).

Figlio mio adorato,

ora che più niente può cambiare le cose, quali che saranno le conseguenze, siediti vicino a me e armati di una buona dose di pazienza mentre ti racconto una storia, certamente singolare, ma tutta vera, che inizia tanti e tanti anni fa, quando il tuo papà si trovava press a poco "nel mezzo del cammin".

Ho scelto di chiudere questa partita una volta per tutte, prima che lo faccia qualcun altro in modo distorto, pur intuendo di dover affrontare una situazione non facile (avevo sempre segretamente sognato di vivere lontano da tutte le vicissitudini terrene, anche se, nel contempo, sentivo solleticare se non proprio la mia perspicacia, perlomeno la mia vanità).

È una storia bizzarra, ti sembrerà una favola, una di quelle "sciocche" favole in cui i nostri avi erano più vicini alla verità di quanto non lo sia oggi – volente o nolente – la scienza moderna.

Non ne conosco il finale, o perlomeno non me lo ricordo, ma forse le favole alla maniera di quelle arabe de *Le mille e una notte*, non hanno mai un finale.

Le favole si raccontano ai bambini, esse nel complesso contengono sempre un fondo di verità, ma mentre i bambini normali nulla ricordano della loro infanzia, gli si deve essere raccontata, per me è stato differente, di mie precedenti esistenze non ne so più degli altri, ma so che tutti, indistintamente, abbiamo dei "segnali" che la scienza riconduce a reminiscenze oppure a sogni.

Il saggio Edipo ricavava consolazione dal pensiero che noi non abbiamo alcun potere su tutto ciò che sogniamo.

Aggiungo che Edipo aveva ragione, io non sono per niente responsabile dei miei sogni (se non mi soccorresse un'opportuna cautela nel considerare che le nozioni "materia-spirito" sono una scienza ancora avvolta in un certo alone mitico, saprei trarre conclusioni vivamente suggestive). Ma alcuni episodi sono così singolari, indistinti, a causa, credo, di barlumi di coscienza che sovrappongono le scene dei miei sogni e l'ambiente reale integrandoli l'uno con l'altro da rendere impossibile qualsiasi tentativo di classificazione.

Mi sono accadute un sacco di cose che richiedono una buona dose di persuasione per essere convincente, esito a raccontarle, ma quando le avrai ascoltate la mia esitazione ti sembrerà più che ragionevole.

Una, in particolare, potrebbe ancora accadere, e mi preoccupa che io possa venire a trovarmi nella situazione di dover dare spiegazioni su fatti che ancora oggi non riesco a ricordare.

Sono arrivato a un punto che richiede l'intervento di qualcun altro per poter colmare certi vuoti, e questo nessuno meglio di te può farlo. Forse hai già immaginato di quali cose si tratta, non so come, ma pare proprio che certe notizie abbiano "le ali".

Se mi fosse riuscito di sbarazzarmene in altri modi senza doverlo mettere necessariamente per iscritto, non avrebbe avuto nessun senso raccontarla così, senza falsi pudori e in modo assolutamente essenziale, come la vita di chi ha capito di non essere soltanto se stesso, ma un punto ordinato di aggregazioni (così credevo).

Nel mio caso, la parola va letta nel gergo militare: posizione in cui viene a trovarsi un militare che, pur continuando a restare in forza al proprio "reparto" che provvede ad alloggiarlo e nutrirlo.

La mia storia non fa ridere, non fa piangere, essa ha soltanto un insensato sapore di confusione, di follia, di sogno.

Volevo morire, dovevo morire, che vuoi che faccia a questo mondo un essere mortale in più o in meno, ma non avevo fatto i conti col tempo, con quel dono divino che è la numerologia, avrei dovuto chiamare questa storia *Sette secondi dopo mezzogiorno*, perché a quel punto entrò in scena Clara, ma sarei dovuto risalire assai più indietro, a quando ancora non ero nel ventre di mia madre.

Altri, ben più credibili di me, che hanno vissuto le mie stesse esperienze, e che sull'argomento avrebbero saputo dire di più e meglio, nel timore del ridicolo le hanno taciute.

Ti sembrerà anche il preambolo di una storia bella e confezionata, non lo è, e spero tanto che tu mi compatirai per quello che accadde allora, e gioirai per quanto sto per dirti ora.

Stavo appunto parlarti di un episodio di cui è stato protagonista tuo nipote Riccardo, e mi sarebbe stato anche facile parlartene, ma nell'attimo in cui ho iniziato a scriverne, qualcosa ha fatto sì che le mie parole perdessero improvvisamente ogni valore, e quello che mi era sembrato frutto di un ricordo così importante da raccontare, mi sembra adesso una cosa vaga e improbabile.

Dovrai perdonarmi il ricorso dell'accostamento alle favole, non l'ho fatto per diletto di chi avrà la ventura di leggerle, ma sempre nel rispetto della verità, nell'impossibilità di potermi servire di un'esposizione puramente razionale.

A volte sono proprio le favole che si rivelano "illuminanti" più efficacemente di ogni ragionamento, in quanto colpiscono la fantasia, ed è proprio nella fantasia che più si elevano i nostri pensieri.

110

La prima impressione che ne riceverai è che io mi voglia un poco divertire a tue spese, e che sia tutto uno scherzo (volesse il cielo che fosse solamente la reminiscenza di qualche vecchia storiella raccontatami quand'ero bambino), e che tutto non è stato che un brutto sogno, un incubo.

Se lo è, uno scherzo intendo, non ne sono l'ideatore, e non dubito che anche tu sarai indotto a pensare che sia una delle idee più pazze mai concepite da mente umana.

Voglio dirti subito che io non mi son messo a scrivere per competere con gli scrittori (me ne sarei ben guardato), anzi, li ho spesso invidiati per la loro fantasia.

Dovrò, quindi, limitarmi a dire nient'altro che la semplice verità, com'è alla portata di tutti, così, come mi viene, grossolanamente. Anche se, a volte, la realtà è complicata.

111

Certo, avrei potuto rendere il tutto più verosimile: "Non è necessario per un narratore conoscere ciò che è realmente giusto, ma ciò che tale sembri alla massa che darà il suo giusto giudizio. Infatti, da quel che sembra, deriva la forza di persuasione, non già dalla "verità" soltanto quella minoranza amante di tutto ciò che è materiale: (il buon narratore è utile se rende felici e soprattutto, come diceva Epicuro, se riesce a liberarci dagli errori morali. Egli deve rivolgere alle anime, e non al miglior offerente, la sua "mercanzia" intellettuale).

112

Il fatto stesso che mi sia deciso a raccontarla, senza nulla omettere, nemmeno gli errori che commisi, mi fa provare un grande senso di liberazione.

Non soffermarti su quanto, o quanto poco ci sia di vero, io stesso all'atto di scrivere prendevo le distanze di volta in volta dalle affermazioni che almeno in quel momento storico mi sembravano indimostrabili.

Solo tu mi puoi capire quando affermo che non esiste tormento maggiore di "sapere" e non aver nessun modo per fermare la ruota degli eventi. È un tarlo che ti rode il cervello, ti rode l'anima, ma ti aggrappi lo stesso a una speranza che sai illusoria e che ti rifiuti di ammettere che lo sia.

Esistono piccoli avvenimenti, di per sé irrilevanti, che tuttavia finiscono fatalmente per produrre esiti tremendi.

A che servirebbe, ora, chiedersi cosa sarebbe accaduto, "se". Se non si fosse verificato quell'imperscrutabile gioco del "destino" (una tale eventualità non ha mai riscosso la mia approvazione già in linea di principio, e comunque non mi sono mai ritrovato, nemmeno per causa di forza maggiore, a contare su nulla di simile), che a volte, dopo aver già preso una decisione, te ne fa scegliere un'altra, e l'indugio di quell'istante, quel solo piccolo istante, si trasforma per te nella differenza tra la vita e la...

113

Adesso sono rimasto solo, solo contro tutti – ma non importa, io ho te – solo tu mi potresti costringere a riconoscere un torto che so di non avere – se io abbia ragione o torto sei tu che dovrai deciderlo – e se non riuscirò ad ottenere la tua preziosa testimonianza a sostegno del mio bene, penserò che non sono stato capace di dirti nulla per salvare la mia "verità").

La sentenza è contro di me, ma in un giudizio severo dovranno essere implicati tutti i mie antenati, perché io porterò in mia difesa il mandato dell'ereditarietà (mio padre lo chiamavano "'O pazz").

Certo ti sembrerà strano che mentre la base di queste mie riflessioni sia formata dal poco tempo che mi rimane da vivere, sentirmi parlare del mio futuro.

È necessario che, dovendo difendermi, io confessi tutta la verità, e lo farò, posso fornirti prove sicure, e non a parole, ma a fatti, che sono poi quelli che contano.

Di questi fatti, potrò portarti quanti testimoni vorrai, si tratta di "testimoni" che per natura non sanno mentire (solo gli uomini mentono). Dovrò parlarti di cani.

Da quel giorno, sono trascorsi cinquant'anni, e ancora mi chiedo qual era il motivo, credimi, non racconto bugie.

Chi può dire com'è che a volte escono certe parole dalla bocca, o si compiono certi gesti involontariamente? Ma io che avevo detto, ma soprattutto che avevo fatto che si era trasformato in un giudizio senza possibilità d'appello?

Trovai molta gentilezza quando giunsi a quella "clinica", ma è proprio lì che mi raggiunsero le prime lettere d'accusa.

114

Ma in quale luogo, in quale tempo che l'accusatore indica, o alla presenza di quali testimoni io avrei commesso le cose di cui mi si accusa?

Alla presenza di chi io avrei pronunciato le parole che egli insinua che io dissi?

Chi altri vi è mai che possa accusarmi o che possa testimoniare?

Bisogna bene che io dica quello che videro i miei occhi. Di quello che non è mai avvenuto come potrei parlartene? Vorrei proprio vederli in faccia questi calunniatori (son tutti testimoni fasulli, credimi, semmai esistano veramente).

Ricordo molto bene la tua memoria di ferro, e quindi certamente ti ricorderai delle preghiere che ti rivolsi quando ti degnasti di ascoltarmi.

Ricorderai benissimo se – almeno in tua presenza – ho accusato qualcuno di quelli che pur mi avevano offeso.

Se dunque io non ho mai fatto delazioni, quale forma di pazzia mi avrebbe mai colpito che mi fossi messo a incitare tuo fratello contro tua sorella?

Come hanno potuto osare di parlare di rapporti carnali "particolari", delitto che ho sempre aborrito oltre ogni dire, e sui bambini per giunta che sono sempre stati la mia ragione di vita, sono cose di cui ognuno si vergognerebbe soltanto a parlarne, e proprio a me, che non ho scelto la retta via perché imposta dalle leggi, ma per una virtù innata della mia anima (salvo poi a sapere che tutte queste accuse le ho soltanto sognate, dato che nel momento in cui avrei dovuto produrre le lettere a mia discolpa, non le ho mai più trovate). Quest'ultimo particolare mi ha fatto sprofondare nel più nero dei dubbi, dunque poteva anche essere questa la realtà, io che ero tanto orgoglioso della mia memoria proverbiale sarei stato invece un lurido, una bestia immonda, dimenticandomene così a cuor leggero? Mai e poi mai. Mai potevo essere questo io.

Purtroppo, come ben sappiamo, così come basta l'opinione di un solo galantuomo per giudicare la nostra onestà, anche l'infamia potrà risultare dalla maldicenza di una sola persona.

115

La sola possibilità che le accuse contro di me fossero false era che volessero liberarsi di un potenziale "nemico" scomodo, e che forse tutto questo aveva a che fare con la proposta di diventare assessore all'edilizia che mi fecero per farmi scendere in politica, ed è bastato tanto per infamarmi. Comunque la rifiutai quasi subito, ho evitato la politica come avrei evitato in tutti i modi di prendere la lebbra.

Se un errore ho commesso – e l'ho commesso – è stato quello di chiudermi in me stesso per così tanto tempo, e allora ben vengano cento, mille accuse se servono a svegliare in me un sentimento di ribellione, che è pur sempre un sentimento umano e positivo, anche se è stato capace di farmi scoppiare il cuore.

È per non rimanere in questa sorta di titubanza e di dubbio che chiedo il tuo aiuto, non ti riassumerò le mille e una ragione a favore o contro l'opportunità di scriverti, richiederebbero una serie di ripetizioni molto penose che già conosci meglio di me.

Non mi consolano più di tanto le frasi famose che grandi uomini lasciano in eredità a quei piccoli uomini che le reciteranno (per occasione il piccolo uomo sarei io): "La coscienza del dovere compiuto" e finché avrò la forza di un solo respiro, non cesserò mai di cercare, e troverò, stanne certo.

116

Sono passati anni interminabili, infiniti, e non me la sento di escludere a priori che la mia immaginazione abbia potuto influire sui sensi da eccitarne il cuore e la fantasia arricchendone i ricordi. Che strano, adesso mi sembra di aver iniziato a scriverti soltanto da pochi giorni anziché da tanto tempo. Tu sei sempre nei miei pensieri, il tuo ricordo mi diventa sempre più caro di quanto non lo fosse mai stata la tua stessa presenza, e dal momento che in quella parte della mente in cui si conservano i ricordi delle persone che ci sono state più care tu non ci sei, questo non fa che accrescere la speranza, per non parlare di certezze nate dalla disperazione, che c'incontreremo ancora. Come faccio a saperlo? È il cuore che me lo dice. Di che cosa non è capace il cuore di una mamma. Tua mamma è riuscita – Dio solo sa come – ad affrettare il futuro, felice che ogni attimo in meno sarà tempo in più con te, un'eternità di tempo.

Che bella e grande speranza le nascerebbe in cuore se solo mi riuscirebbe di mettere per iscritto ciò che mi era sembrato soltanto un dialogo immaginario con te, ma che in realtà, sotto la spinta di qualcosa di cui non avevo coscienza, ti avevo già scritto innumerevoli volte, rivelando verità che io stesso non capivo, mai immaginando quali effetti straordinari, quali splendidi pensieri concepiti nell'amore per un figlio si potessero ottenere con le parole. Esse erano tanto belle e perfette che ogni volta – il desiderio era così naturale – che quasi non ne avvertivo la stranezza, laceravo in minuti pezzettini quei fogli, e... e me li mangiavo. E questo gesto mi rasserenava, perché mi dava la certezza che nessuno li avrebbe mai letti, erano solo per te.

117

Per non scoraggiarti inutilmente, lascerò andare la ragione per cui ti scrivo da una posizione tanto scomoda, ti sto scrivendo seduto su una panchina (il mio rifugio segreto) con tutte le implicanze e le conseguenze che comporta tale precaria condizione, se tu potessi vedermi in questo momento, vedresti un fragile vecchietto dall'aspetto triste e sfinito tutto accoccolato, con l'aria di uno che sta più di là che di qua, e penseresti: "Mio Dio, papà sta per morire", non lasciarti ingannare dalle apparenze, sto pensando (quello è il guaio aggiungerebbe tua madre) sto pensando in religioso raccoglimento, per cercare di ricordare. Per fare questo, con lo stato attuale della mia memoria, devo evitare qualsiasi cosa possa ricordarmi il mondo fuori da questo cancello.

In questo momento, nel maledire ancora la mia ignoranza, sto facendo i conti con l'esiguità della mia conoscenza di vocaboli appropriati (sto piangendo per questo non me ne vergogno a dirtelo).

Non mi sarà facile convincerti del fatto che io non ritengo una sventura questa mia situazione "logistica" anche se all'inizio mi era sembrata un'ingiusta condanna attribuendone la colpa a tua madre in combutta con zio Michele.

Fu in un momento di stasi della mia attività di perito edile a dare a Michele l'idea di tendermi il tranello.

118

Si era preso la libertà (proprio così disse), di portarmi una proposta di lavoro che avrebbe potuto interessarmi, e infatti mi interessò.

Si trattava della direzione dei lavori di ristrutturazione e ampliamento di una vecchia ala dismessa da molti anni di un antico maniero già adibito a ospedale psichiatrico (si vede che gli "affari" andavano bene, pensai, e che i matti erano in aumento) mentre in cuor mi dicevo: "Chissà che un giorno al mondo non vi saranno tanti matti da dovermi rifugiare io savio in una di queste strutture, semmai resterò savio solo io".

Pare che le persone sulla soglia della follia non ricordano cose avvenute soltanto poche ore prima, allora è il caso che mi affretti, anche se le alternative sono solo due, o è un demone delle cose assurde che tenta di impadronirsi della mia mente, o gli "altri" non hanno capito proprio niente (naturalmente propendo per la seconda eventualità).

Posso dirti soltanto dove mi ha portato tutto questo, ma te ne ho già accennato, su questa panchina dalla quale ti sto scrivendo.

In questo momento specifico, sto meditando, non cerco più Dio, io sono Dio, io muoio e risorgo nei miei sogni, sono un uccello che vola nell'aria, sono un pesce che nuota nel mare, anelo l'aria e me ne riempio i polmoni, come è bello tirare lunghi respiri nei mie sogni più belli, ma qui tutto e ogni cosa sono il mio sogno più bello.

Avevo dimenticato la credenza secondo la quale a ciascuno di noi è dato per custode un angelo, vedrò più tardi se gli dèi hanno tempo per occuparsi dei miei affari privati.

Ti considero sempre vicino a me, nelle ore di lettura, durante le passeggiate, la mia vita sarebbe davvero angusta se i nostri spiriti non potessero spaziare assieme liberamente. In questo istante preciso ti vedo, fino a poco fa ti ho ascoltato, penso a te a tal punto che ieri ho chiesto a Giovanni di comprarmi una cartolina perché stavo per scriverti, e mi domandavo se non sarebbe stata più opportuna una lunga lettera oppure una semplice cartolina.

Qui gli alberi mi amano e m'incantano, vorrei scrivergli, mi intrattengo sempre quanto più posso con il loro e il mio spirito. (Qui vivo con la convinzione che gli alberi non siano delle semplici piante, ma animali vivi, e nessun professore di botanica potrebbe mai farmi cambiare opinione, ho perfino una mia teoria secondo la quale nelle grandi foreste si fingono alberi per non essere divorati dagli animali feroci, mentre nelle grandi città anche un pino solitario esercita il connaturato potere magico di attirare i poeti e gli innamorati e di destare in loro le fiamme dell'amore.

119

In questo momento ho poggiato la nuca sulla spalliera e sto osservando il lento movimento delle nuvole dal mare verso l'interno, verso le montagne della Sila.

In questa posizione ho l'impressione di cogliere il movimento rotatorio della terra e questo mi crea una sorta di capogiro, così inizia il mio sogno di tutte le sere, qualcuno chiude lo sportello di questo mio treno mondo, e inizia il viaggio. Prima lentamente, come avviene a un treno in partenza, poi le albe e i tramonti si susseguono con intervalli sempre più brevi.

Al culmine della velocità, una musica, una cosa di sogno, accompagna quel vorticoso carosello fatto di montagne incantate, di prati in fiore e ancora albe e tramonti in una fusione armonica di umano e divino.

Ecco, ho lasciato cadere la matita che avevo in mano, per allargare le braccia sulla spalliera perché il giro diventa sempre più vorticoso in un alternarsi continuo, adesso vedo il mare, poi ancora montagne, prati fioriti, mare, nuvole, nuvole chiare, ora scure, ecco si uniscono, è una fusione, umano divino, ancora umano e di nuovo divino, sto piangendo, ora rido, rido delle mie lacrime, non riesco a seguire più niente, troppo veloce, troppo veloce, un viso, un viso sorridente, non posso pensare ad altro, non resisto, chiudo gli occhi, ma quel viso è là, lo sento così profondamente pur con gli occhi chiusi. Ecco, provo a riaprire gli occhi gradualmente, lentamente, le mani mi fanno male, le ritiro, ma che dolore, mi guardo le mani, mi aspettavo di trovarvi le stimmate, per un crimine di cui mi dichiaro unico colpevole.

Avevo letto tante volte di effetti simili ai miei, ma in opere di fantasia, anche se, qualche volta, in alcuni documenti ufficiali si parlava dell'influsso esaltante esercitato da alcune malattie sulle facoltà mentali.

120

Fra le cose veramente importanti della mia vita, vi sono state tre panchine, e non soltanto per quello che hanno rappresentato.

Non saprei dire quale delle tre sia stata la più importante, ma tutte indicative in qualche modo di "qualcosa".

Andando a ritroso, quella dalla quale ti sto scrivendo, è la terza, e molto probabilmente resterà l'ultima.

Su quella dei giardini di Augusto a Capri, un pomeriggio che mi ci assopii, feci lo stesso sogno premonitore che mio padre mi raccontò di aver fatto in Brasile, quando vi andò emigrante. "Una sera", mi disse, "mi ritirai più stanco del solito dal lavoro, e mi addormentai sul divano senza cenare".

Durante la notte sognò un nido di uccellini sull'albero di pere che avevamo nel giardino a Napoli, all'improvviso i tre uccellini che si disputavano il becco della mamma, si sporsero tanto da cadere dal nido.

La mamma li seguì subito, ma riuscì a riportarne su soltanto due. Fu per lui un campanello d'allarme (mio padre era un sensitivo, ma non voleva che se ne parlasse) dopo pochi giorni si imbarcò (sul Rex, o il conte Biancamano, non ricordo bene). Aveva tre figli, arrivò giusto in tempo per abbracciare Guglielmo.

Fu sulla prima panchina della Villa Floridiana al Vomero che ebbi pure la mia prima premonizione che riguardava Andrea.

121

Ospedale psichiatrico di Girifalco (CZ).

"Io non so ben ridir com'io v'entrai, tant'ero pieno di sonno a quel punto", (10) ricordai, e pensai pure: "Lasciate ogni speranza, voi ch'entrate" (9).

Ma pensai bene di fare buon viso a cattivo gioco, mentre l'altro io si sarebbe infuriato volentieri contro di loro. In un repentino cambio d'umore mi stava uccidendo il non potermi mettere a urlare, e mollare un pugno sul naso a Michele, ma resistetti all'impulso. Fu proprio con la complicità di tua madre che mi stavano facendo elegantemente internare, dopo avermi dato tutti quei doni che solo un'amante desiderata è in grado di concedere, dopo che ci siamo scambiati i più grandi pegni di fedeltà. Non è lecito scioglierli così a cuor leggero, e ridurmi in questa prigione, per quanto accogliente possa essere, ottundendomi la luce della ragione, quando una nuova mi fece pensare che tutto sommato forse in quel posto sarei stato più felice di loro, e di nuovo non provavo alcun rancore, che pure sarebbe stato giusto provare.

Per un momento rimasi a guardarli senza vederli, mi era intollerabile che le sole persone che amavo e che rappresentavano il mio futuro si trasformassero in passato, e che quella vita in cui avevo riposto tutte le mie speranze e trovato l'unica ragione per cui valeva la pena di viverla, quella vita in cui ero felice e speravo di esserlo ancora, non mi appartenesse più.

Ero quasi vicino alle lacrime, avrei voluto con tutta l'anima chiederle di perdonarmi per questa volta, ma perdonarmi di che cosa?

Avrei voluto ricordarle anche la mia adorazione, mi venivano in mente tante parole di scuse, ma non riuscivo a pronunciarle e rimasi in silenzio.

Anche lei taceva, e quel silenzio mi fece capire che tutto ciò che di bello e di profondo ci aveva uniti stava svanendo e non sarebbe mai più ritornato.

Forse non mi avete capito, cercai in un ultimo appiglio, ma quelle parole mi rimasero in gola.

122

La palazzina, di stile moderno, era stata progettata per armonizzarsi con la fatiscente struttura da riattare – un vecchio castello un tempo adibito a monastero – "Venimmo al piè d'un nobile castello" (106) che si trovava in posizione arretrata rispetto alla strada.

L'ingresso principale, molto ampio, era costituito da una grande scalinata in stile vanvitelliano – in seguito, ogni volta che mi accingevo a salirla pensavo all'asino di Buridano, ma sapendo che un inglese sarebbe salito da sinistra, mi era veniva spontaneo salire da destra.

Anche se, per la verità, in seguito preferii evitarle quelle scale, preferendo un vialetto carrabile ricoperto di ghiaia cha aggirava la palazzina e conduceva ad un piccolo ingresso di servizio.

A distanza – tutt'altro che debita – vi erano state costruite ville e alberghi (regolarmente abusivi) con piscine e quant'altro che pur nella loro sfarzosità, mi parvero costruzioni temporanee ed imperfette, mentre il castello campeggiava immortale e fuori dal tempo.

Tutto intorno la clinica dava l'idea dell'ordine e della pulizia, aveva un'ampia rampa d'accesso leggermente in salita, un falsopiano più che altro, "Ed ecco quasi al cominciar dell'erta". Mentre camminavo contemplando le aiuole fiorite, fui colpito da due diverse sensazioni. Sebbene sentissi molto caldo, potevo respirare profondamente – la mia asma bronchiale si era sempre mal conciliata col caldo torrido – al tempo stesso riflettevo sul fatto che ogni cosa a questo mondo doveva essere predestinata, mi ero sempre chiesto se esistesse una provvidenza. Sì, riflettei questa volta, avevo chiesto la grazia di non dover mai più ricorrere a Clara per farmi fare da infermiera (già troppe gliene avevo fatte passare).

Stavo riflettendo sulla stranezza di una sorta di appagamento che avevo già conosciuto quand'ero ragazzo e in buona salute, e adesso, alla soglia dei settant'anni e passa, mi si ripresentava, quando, in questo magnifico scenario, in perfetta armonia con il viale lussureggiante, vidi una signorina molto bella, elegantissima, radiosa in quel suo camice bianco dagli ampi risvolti – riuscii a fissarla senza farmene accorgere troppo.

Guardando quel viso non mi riusciva di pensare a niente di terreno, era veramente bella tutto ciò che non avevo mai visto se non nei miei sogni, era in quell'impareggiabile quadro vivente che mi fece pensare alla mano di Botticelli e ai versi di Boccaccio: "Qual fresca rosa d'aprile".

Non so com'è che mi venne in mente che potesse chiamarsi Celeste (in questo caso la ragione doveva trovarsi sicuramente nel colore dei suoi occhi) e ricordarmi pure le parole di quel filosofo di zio Michele: "Le donne troppo belle hanno uno strano destino, ignorano chi le ama veramente, e s'innamorano di chi le ignora".

C'era qualcosa di irreale nell'immagine di quella splendida donna che mi fece elevare il ruolo dell'infermiera a una professione rispettabilissima. Un "ammalato" come me dovrebbe aver per compagna un essere così, che sicuramente con la sua professionalità e la mia buona predisposizione a essere curato da lei, sarei guarito in quattro e quattr'otto.

Mi sono sempre nutrito della contemplazione gratificante della bellezza in generale e delle donne belle in particolare e di colpo mi resi conto di come la mia esistenza fosse stata lontana da tutte le cose reali di questo mondo, beninteso se non stavo sognando, perché in questo caso quegli occhi simili a stelle, come ben sanno gli astronomi, potevano essere spenti ormai da secoli mentre io li vedevo ancora luccicare. Fu quest'ultima considerazione a non fami inchinare, pur sapendo che davanti a una dea ci si inchina: ma quella era un miracolo (tuttavia capivo benissimo che quel miracolo era una creatura umana).

Stavo fremendo al pensiero della natura umana nel trasformare questi esseri divini, questi oggetti di adorazione, a chiave del sesso, ma preferii domandarmi da quanti secoli non avevo osato nemmeno guardare un'altra donna, e se quest'improvvisa nuova visione delle cose fosse in qualche modo legata alla sventurata situazione che mi stava creando tua madre, o se intendessi in questo modo dimostrare a me stesso e a loro, che in fin dei conti, l'errore in cui erano caduti mi stava procurando un grande piacere; e in una sorta di ragionevole follia, non ebbi più alcun dubbio che il mio destino fosse prossimo a compiersi.

È una legge divina, mi dicevo, non è possibile che una creatura umana venga spinta così irresistibilmente verso un'altra e che quest'altra resti impassibile, che non senta ciò che senta lui.

"Celeste" mi si avvicinò sorridente, "Lucevan gli occhi suoi più che le stelle, e cominciommi a dir soave e piana, con angelica voce" (55).

"I signori Amoruso?".

"Sì", risposi come svegliandomi mal volentieri da un bellissimo sogno.

"Benvenuti in Calabria, posso mostrarle il suo appartamentino?".

Feci cenno di sì.

125

Lungo il viale "Ed ecco quasi al cominciar dell'erta" (31) si aprivano, ora a destra ora a sinistra, sentieri che si addentravano in una sorta di labirinto fatto di siepi che mi sorpresero a pensare che sarebbe stato un piacevole percorso per le mie passeggiate mattutine con un libro in mano, alla maniera dei peripatetici.

Di tanto in tanto mi giravo per controllare se tua madre e i tuoi fratelli ci stessero seguendo. "Così l'animo mio, che ancor fuggiva si volse a retro a rimirar lo passo che non lasciò giammai persona viva" (25).

Avevo paura, non so di che cosa, se proprio una ragione devo dirti che avevo paura e basta, non so com'è, ma a me sembra una buona ragione.

126

In una di queste mie frequenti giravolte, gli occhi di tua madre, con uno sguardo che non aveva mai avuto prima, si fermarono sui miei, qualcosa della mia sposa bambina tornò in lei, la sposa più bella del mondo. La gioventù le rifiorì sul viso e negli occhi che si addolcirono in una compassione delicata.

Chiusi gli occhi e nel silenzio della mia anima sentii che era lei che chiedeva aiuto a me.

Non potei non associarla a quelle piante e quei fiori stupendi, come feci mille anni prima nei giardini di Cesare Augusto, a Capri, quando ci demmo il primo bacio.

Ma dal momento che lei conosceva molto bene la mia condizione e aveva ritenuto vantaggioso per entrambi che le cose stessero così, questo avvenga, pensai.

Messa a posto la coscienza, mi girai di nuovo verso quell'apparizione che ci stava facendo strada.

Cammin facendo fui confortato da una sensazione che non mi faceva provare alcun risentimento.

L'essere ragionevole che è dentro di me, che più di una volta mi ha dissuaso dal portare a compimento azioni che avrebbero potuto procurarmi grossi guai, l'essere ragionevole, dicevo, capiva che tutto ciò era comunque ridicolo.

127

A destra dell'ingresso c'era una grande terrazza panoramica in quel momento animata da molte persone che prendevano il sole gustando un aperitivo. "Tu vedrai le genti dolorose ch'anno perduto il ben dell'intelletto" (17), "Non ragioniam di loro, ma guarda e passa"(51). Era orario di visite.

Anche noi fummo invitati a partecipare (giusto per trasgredire alla parole del grande Vate, ci fermammo invece). Io non ero "pronto" a incontrare altre persone – fatti i dovuti distinguo – ma vista l'atmosfera ci aggregammo.

Centellinai il mio Cirò bianco, da intenditore (servito fresco a dovere, era un eccellente aperitivo) appoggiato al parapetto a guardare il mare.

Facevano bella mostra lì, nelle vicinanze, cinque o sei tavolinetti di vimini con tante poltroncine intorno a forma di conchiglie, anch'esse fatte di rami di salice.

Quelle che più mi incuriosirono, però, furono delle comode sedie a sdraio fatte a forma di carriola, con relative stanghe e l'unica ruota anteriore.

Giusto per provarne la comodità, mi ci sedetti un attimo (così mi parve).

Anche in quella posizione sdraiata la vista del mare attraverso la ringhiera era illimitata.

Il mare era di un azzurro intenso, lo stesso colore del cielo.

Stavo pensando con sorpresa a come mi sentivo bene in salute in quel momento, quando un repentino cambio d'umore, assieme al timore che i presenti avessero potuto pensare "Questo è pazzo", m'incendiò il viso, dovevo avere la pressione a mille e stava montando ancora.

128

Un giovane medico con tanto di stetoscopio che fuorusciva dal taschino sul petto lasciò di colpo la compagnia di alcune belle signore (visitatrici) e prendendo sotto braccio la bellissima infermiera, quasi trascinandola verso di me, le disse: "Angela, mi presenti il nostro nuovo ospite?". (Avevo quasi imbroccato il suo nome, Angela non era forse un nome Celeste?).
Il dottore mi tese la mano poggiando l'altra sul dorso della mia, doveva avere una grande sensibilità nei confronti dei problemi neurologici dei suoi pazienti, pensai, ma quello che più di tutto mi stupì fu l'intuito con cui si accorse del mio imbarazzo pressorio, e come vi seppe mettere rimedio.
Usò delle parole molto semplici, quasi scontate direi, eppure gli fui grato di averle pronunciate e provai un impeto di simpatia per lui.
Questo mi ispirò fin da subito una grande fiducia e mi ripromisi di chiedergli se un senso di colpa può far diventare un poco matti. Mi lasciò le mani per prendermi la pressione. 120/80, la mia di sempre.

129

Tornando alla zona aperitivo.
Fu proprio mentre stavo osservando l'azzurro del cielo che un piccolo aereo da turismo (un Cessna, se non vado errato), sbucato dalla collina alle nostre spalle, iniziò la fase di atterraggio per il vicino aeroporto di Lamezia Terme. I bambini (e anche qualche adulto) stavano tutti col naso all'insù e le mani alzate per salutare.

Il pilota abbassò alternativamente due o tre volte l'ala sinistra e poi la destra (era il loro modo di rispondere ai saluti).

Improvvisamente mi svegliai tutto sudato gridando: "L'aereo, è precipitato l'aereo", tutti si misero a ridere vedendo che mi stavo svegliando in quel momento, ma si girarono verso il mare giusto in tempo per vedere il monomotore eseguire un'ampia virata, due avvitamenti, le luci bianche e rosse che si inabissavano, e l'accorrere sul posto di molte barche di pescatori.

130

Ti ho raccontato la dinamica di questa ennesima premonizione (assolutamente reale) perché tu possa farti un'idea dell'angustia che provo nel non poter fare niente per aiutare dato che questo genere di "sogni" mi si presenta troppo a ridosso del fatto che sta per accadere.

Per essere onesto fino in fondo, l'episodio or ora raccontato, è accaduto in tutt'altro posto e precisamente nello specchio d'acqua antistante il porticciolo di Mergellina.

Ero seduto con alcuni parenti allo Chalet Primavera in via Caracciolo, l'aereo, un Piper credo, sbucò, dalla collina di Posillipo alla nostre spalle, una mia cognata spagnola era di spalle al mare quando le dissi: "Quell'aereo sta per precipitare" non finì la risata che il piccolo aereo fece due avvitamenti e s'inabissò.

131

Trascorro la gran parte del giorno nel mio piccolo residence al pianterreno (quando verrai, ricordati, la porticina alla sinistra dell'ascensore), le pareti sono dipinte di un verdino molto tenue, al momento che ne prendemmo possesso per la prima volta era freddo come una cella di prigione, così immaginai, non avevo mai commesso nulla di illegale in vita mia.

C'era un forte odore di disinfettante che pizzicava il naso, spalancammo la finestra che dava sul giardino lasciando aperta la porta per arieggiarla.

L'arredamento è molte frugale, un lettino con accanto un comodino e all'altro lato una sedia a poltroncina. Ai piedi del letto un armadio a due ante con sotto due grossi cassetti.

In un angolino alla sinistra della finestra vi era sistemato un tavolinetto bianco laccato, tua mamma vi aveva già poggiato la mia Lettera 22.

Dopo che la camera fu ben arieggiata, nel richiudere la porta vi notai attaccato un quadretto che non potei non leggere (tu lo sai, anche se trovo per terra un pezzo di carta, purché sia pulito, non posso esimermi dal leggerlo).

Giuramento di Ippocrate

Giuro su Apollo medico, su Igea e Panacea, su tutti gli dèi e le dee e li prendo a testimoni che manterrò con tutte le mie forze e capacità, questo giuramento così come è scritto.

Considererò come mio padre colui che mi ha insegnato la medicina e spartirò con lui tutto ciò di cui avrà bisogno per vivere. Considererò i suoi figli come fratelli.

Prescriverò ai malati il regime che conviene loro con tutta la conoscenza e il giudizio di cui disporrò, e mi asterrò da ogni intervento nocivo o inutile nei loro riguardi.

Non consiglierò mai a nessuno di fare ricorso a veleni e li rifiuterò a coloro che me li domanderanno.

Non condurrò mai su nessuna donna pratiche abortive.

Manterrò una vita pura e sana così come la mia arte.

Non praticherò operazioni di cui non mi sono occupato in modo speciale.

Quando visiterò un malato non penserò ad altro che a essergli utile, preservandomi da qualsiasi misfatto volontario e da ogni corruzione con donne e uomini.

Tutto ciò che vedrò o sentirò nella società durante e anche fuori dall'esercizio della mia professione, e che non dovrà essere divulgato, lo manterrò segreto, considerandolo come cosa sacra.

Se mantengo questo giuramento senza infrangerlo in un qualunque punto, mi sia concesso di godere felicemente della vita della mia arte e di essere onorato per sempre tra gli uomini. Se vi manco o divento spergiuro, che mi accada tutto il contrario.

"Per il fatto che l'incurabilità di un soggetto non può essere sempre stabilita clinicamente con la più assoluta certezza e che, anche nell'ipotesi che l'incurabilità fosse certa, l'uso dell'eutanasia concederebbe al medico una specie di sovranità contraria al suo ruolo reale che è di guarire, contraria alle tradizioni professionali, all'ordine pubblico e agli stessi principi di una morale millenaria che riconosce la "speranza" come uno dei suoi fondamenti, il dirigente di questo istituto si dichiara con "convinzione", obiettore di coscienza (segue firma).

I miei racconti proseguono bene, lascio scorrere lentamente le parole senza preoccuparmi se è bello o se è brutto il mio "stile" (la verità ha creato il mio stile).
Per quanto il mio stato d'animo non fosse favorevole alla nascita di nuove amicizie, tuttavia una vera amicizia c'è stata, e guarda caso ,proprio con un giovane di tendenze intellettuali diametralmente opposte alla mie. Io lo chiamo "Otto", perché il suo nome è di origine tedesca, si chiama Franz, è orfano, e vive nel castello portando avanti alcuni importanti studi di ricerca.
Naturalmente il nostro non poteva essere un legame intellettuale, ma scaturiva da uno di quei misteri che riesce a mettere felicemente insieme un dotto e un ignorante (tuttavia vi sono dei casi in cui anche un ignorante vede più chiaramente nelle questioni di un altro che nelle proprie).
Ho dovuto parlarti di questa amicizia perché è collegata a un bellissimo avvenimento di cui ti parlerò di qui a poco.
Non scrivo nulla senza esserne moralmente convinto e coinvolto, i casi degli altri mi interessano poco, per i miei me ne addosso ogni responsabilità.
La sera mi rifugio nei miei libri, ho sospeso fin dalle prime

pagine l'ultimo che mi ha regalato tua sorella (io e mamma in segreto la chiamiamo "la tedesca", sebbene non vi sia donna più dolce di lei) pare che fosse uno degli autori che va per la maggiore, interruppi la lettura alle parole: "Aveva urgenza di fare una cagata", certo i grandi scrittori possono permettersi questo e altro (si vede che se ne intendono dell'argomento).

132

Di tanto in tanto batto a macchina qualche foglio del manoscritto, il ticchettio dei tasti mi è di grande compagnia, ancora non mi spiego come abbia potuto fare a trasformare in una serena rinuncia ciò che è fuori di qui, sentendomi addirittura come in un sogno felice.
Uno dei piaceri è di scoprire giorno dopo giorno che avevo ragione, più ragione di quanto io stesso me ne rendessi conto.
A tratti mi meraviglio della tranquillità con la quale ho affrontato tutte quelle "peripezzerie" (così dicevi tu quand'eri piccolino) che hanno finito col contribuire alla mia immagine di "vecchio rincoglionito" (che ha pagato troppo caro certe sue convinzioni), e di essermi adattato a questo nuovo modo di vivere, io che non ero per niente abituato a stare solo, a portare addosso quei tormenti che solo la presenza di tua madre riusciva a lenire. Ho imparato a stringerla a me idealmente, ogni giorno, felice di questa nuova vita incantata.

133

Adesso, devo dirti di una cosa incredibile, del tuo papà "Sherlock Holmes".
Una sera ero seduto sulla mia poltrona (un po' sgangherata ma comodissima, come tutte le vecchie poltrone del resto), leggevo un testo di filosofia dai concetti molto profondi, quando fui interrotto da una bussatina delicata alla porta, con le nocche.
Messo da parte il libro, attraversai la stanza per andare ad aprire.

Era "herr doktor" (il castellano), un vecchio e nobile tedesco (non so come mi sia uscita questa qualifica di "nobile" certamente per il suo aspetto, e poi in effetti non era affatto vecchio).

Lo avevo conosciuto fin dai primi giorni della mia permanenza, qualche volta mi ci ero trattenuto a parlare quando ero in giro per le mie passeggiate nel parco.

Ricordo che la prima volta gli chiesi se era svedese (era bellissimo, somigliava a Kurd Jurgens), mi rispose:

"No, sono tedesco, ma ammiro molto gli svedesi".

Stavo per aggiungere: "Io le svedesi".

Quella sera era venuto per portarmi un cestello di fragoline di bosco che aveva colto quella stessa mattina e per invitarmi a una cenetta molto particolare (e particolare lo fu, eccome).

Aveva catturato la "volpe" che gli aveva mangiato i pulcini e l'avrebbe fatta in salmì.

Accettai molto volentieri l'invito, con la condizione che avrei provveduto io per il vino e portato qualche cassatina siciliana (arrivavano fresche tutte le mattine nel porticciolo di Soverato).

Tornai nella mia poltrona e ripresi a leggere l'affascinante libro dove si parlava dell'anima umana, dell'immortalità, e del tempo.

Ero immerso nell'analisi dell'eternità quando Otto (così ormai lo chiamavo sempre), bussò di nuovo e da fuori mi chiese di portargli un poco di zucchero, l'indomani.

Senza alzarmi dalla poltrona (ormai mi ci ero infossato di nuovo) risposi: "Ja, herr doktor".

134

La sera dopo arrivai al castello intorno alle venti e trenta, mi ricevette davanti al massiccio portale e si fece da parte per lasciarmi passare.

Mi trovai in una sala gigantesca, fu proprio questa la definizione che mi venne in mente, la vastità era accentuata dalla quasi totale mancanza di arredamento, se si eccettuava un piccolo scrittoio di noce o di castagno, e due poltroncine.

Incassato nella parete di fronte vi era un bellissimo caminetto in pietra grigia con una grande mensola in marmo rosa, sulla quale vi era adagiato qualcosa come un grande tubo di cartone, uno di quelli di cui spesso si servono gli studenti di ingegneria o di architettura, della lunghezza di circa un metro, pensai che potesse contenere un poster.

Stavamo gustando l'aperitivo quando le nostre narici furono solleticate da un delicato odorino.

Otto estrasse dal cassetto dello scrittoio una piccola incerata, la posò sul piano, e si diresse nel piccolo cucinino nascosto da un alto tendaggio.

135

Terminata la succulenta cena (e il fiasco di Chianti), Otto se ne venne con una confezione di birre che aveva prelevato da una specie di frigorifero industriale e che io non toccai minimamente.

Quando ci alzammo da tavola, dopo aver fatto il giro della scrivania, scusandosi educatamente mi superò scortandomi in un'immensa sala ben illuminata, non certo il tipo di locale che mi sarei aspettato di trovare in considerazione di quello che avevamo lasciato. In effetti, le pareti erano completamente tappezzate di arazzi e dipinti il cui valore artistico era facilmente intuibile senza bisogno di essere grandi esperti.

In gran parte si trattava di ritratti di avi degli ex castellani.

Anche qui vi era un camino, ma di tutt'altra fattura rispetto a quello del salone d'ingresso, che pure era molto bello a vedersi.

Sulla mensola si trovavano un grande vaso la cui consistenza veniva raddoppiata dall'enorme specchiera e un grande orologio tedesco con smalti e pietre preziose del XVII secolo.

Otto fece cenno di accomodarmi su una confortevole poltrona Luigi XIV. Mi ci sedetti con molta deferenza, mentre anche lui, dopo di aver spostato un bellissimo paralume d'argento, appose un ex libris che raffigurava uno stemma tra le pagine del libro che stava leggendo all'atto del mio arrivo, e si sedette.

Quando vedo un libro, vado in brodo di giuggiole.

"Cultura?", dissi.

"No, diletto", rispose, alzando il libro in modo che se ne potesse leggere l'autore: Isaac Asimov.

Un secondo libro era appoggiato sul vicino tavolino e sul carrello faceva bella mostra un servizio d'argento da caffè.

In quel momento lo splendido orologio sulla mensola del camino, con un leggero suono delicato batté le dieci, mentre al rumore di una porta che si apriva, disse: "Entrate", avendo riconosciuto il passo della vecchia governante, la quale recava in mano un bricco di caffè, avvicinatasi, riempì due tazze mentre diceva: "Caffè tedesco, solubile, spero che le piaccia", lo trovai molto gradevole.

Fu nell'attimo in cui alzai lo sguardo sul quadro di fronte che mi vennero tali brividi da costringermi a stringere le braccia intorno al corpo.

Proprio di fronte a me, si trovava una gigantografia di Giorgio Luigi, Marchese di Milton-Haven (1892-1938). (Come è vero che nei ritratti non ci riconosciamo quasi mai).

Ma quello per cui caddi in deliquio poco prima era il grande ritratto subito affianco: Lady Nateja, contessa di Torby, figlia del granduca Michele di Russia, che in una sorta di torpore mi fece pronunciare una specie di blasfemia: "Oh Madonna, madre di quella bellissima Madonna", una sola donna al mondo poteva starle alla pari per bellezza.

Fu un'espressione linguistica di Otto che leggerai di qui a poco, a darmi conferma dei miei incredibili sospetti.

Poiché il caldo cominciava a farsi sentire (e le quattro birre che aveva aggiunto al vino di poco prima) propose di fare due passi nella porzione di bosco retrostante il castello.

136

Cammin facendo, sorseggiando, sorseggiando, cominciò a parlarmi della sua terra, dei suoi genitori non ne sapeva niente, e questo era un grande cruccio per lui.

Si allontanò di pochi passi per urinare vicino a una siepe, poi, in maniera quasi da farmi paura, aggiunse: "Vi devo molto più di quanto potreste mai immaginare, vi aspettavo da tanto, sarete voi a mettermi sulla strada giusta, non chiedetemi altro, per favore".

Così dicendo, fece degli strani gesti con la mano, quasi fossero simboli dell'ipotetica strada di cui aveva parlato.

"Vi ricordate di quella mattina che eravate seduto sotto l'olmo? Se voi ve ne siete scordato, io no di certo, mi diceste cha avevate sognato vostra madre, ebbene, se mi aveste dato una pugnalata non avrei potuto soffrire di più, non ho mai conosciuto mia madre, quella sera mi rimpinzai di birra come non mai, e quella notte sognai mia madre che mi indicava il caminetto nella sala d'ingresso, ma non riuscii a vederne il viso. Devo confessarvi un piccolo peccato".

Il suo linguaggio, il tono della sua voce, era quello di un uomo che si rivolge non a un suo simile, ma a un suo superiore, eppure, dai suoi modi traspariva invece qualcosa che mi ispirava deferenza.

"L'ardire che mi sono preso nell'invitarvi a cena non era fine a se stesso, non ho potuto rivelarvi le mie intenzioni nel timore che senza spontaneità, se vi avessi quasi obbligato a fare qualcosa, contro la vostra volontà, poteste perdere i vostri poteri".

"Ma scusami, Otto, di che cavolo stai parlando? Io non ho alcun potere".

"Me ne vergogno, ma dovrò essere più esplicito. La settimana scorsa, nel tardo pomeriggio, mi trovai per caso a origliare da dietro la siepe giù al campetto vicino al platano, eravate seduto sulla panchina e gli parlavate".

"A chi? Al platano?".

"Sì".

"Ma Cristo Dio, tu mi fai passare per pazzo".

"E fosse niente, alle vostre parole le foglie stormivano".

"Ma santa Madonna, era evidente che c'era vento, quanta birra bevesti?".

"No, non c'era un alito di vento".

"Va bene, ne riparleremo domani, quando avrai smaltito la birra".

Mi avviai lentamente verso la mia cameretta, ormai era buio, ma un contrattempo di cui non ebbi coscienza dovette in qualche modo rallentare il mio cammino, controllando il mio orologio alle basse luci delle aiuole, dovetti accettare che fosse molto più tardi di quanto pensassi.

Fu in quel momento che una terribile esplosione mi fece rizzare i capelli dalla paura, mentre in alto una luce accecante descriveva una curva verso terra, scoppiando in una miriade di stelle colorate, così luminose, che il giardino ne risultò illuminato per alcuni secondi, giusto il tempo di farmi vedere che mi trovavo proprio all'altezza del bellissimo salice che tanto amavo.

Erano fuochi d'artificio in onore della Madonna delle Grazie a cui i soveratesi erano devoti, una sagra popolarissima, la gente vi affluiva da tutti i paesi del circondario, e offrivano una gran quantità di cibi e bevande in un allegra confusione generale.

Riprendendo il cammino, al ricordo delle parole di Otto, mi girai indietro con la strana voglia di rivolgere la parola a quei rami pendenti:

"Ma perché piangete sempre?".

"Noi non piangiamo affatto, sono gli uomini che danno questa errata interpretazione, coi nostri rami facciamo ombra agli amanti".

"Allora anche a me", pensai, "già, però a me manca l'amasia, eccome se mi manca".

137

Mi svegliai da un sogno fatto di caroselli, il salone degli arazzi mi girava intorno, Otto che abbracciava Angela, non ero nemmeno più sicuro che si trattasse soltanto di un sogno quando pensai a un incesto. Oh sangue di Giuda.

Cominciai a sudare freddo avendo sempre nei miei pensieri questo bambino che fu lasciato all'età di circa un anno, verso la fine della prima guerra mondiale, da parenti che si erano rifugiati negli Stati Uniti (così seppe), a una coppia di coniugi custodi del castello, che diventarono in qualche modo suoi genitori putativi.

Caro lettore che hai avuto il fegato di arrivare fino a questa pagina, ricordati che ti avevo parlato di una favola. Se poi...

138

Era un bellissimo pomeriggio di primavera riscaldato da un sole splendente, una di quelle giornate idilliache che seguono talvolta un inverno troppo lungo e inclemente, e che ogni uomo in pace con se stesso può gustarsi fino in fondo.

Nonostante ciò, di tanto in tanto quasi non riuscivo a credere di trovarmi veramente lì, circondato da tanto verde, eppure, via via che il tempo passava, mi adeguavo sempre più a quella nuova realtà, mentre il ricordo della mia città con le sue strade affollate e il traffico convulso, mi si sfocava sempre più nella memoria.

Una brezza profumata proveniente dalla siepe alle mie spalle, rendeva il calore del sole meno opprimente.

Quella sera mi trattenni un poco più del solito a scarabocchiare, e sarei rimasto ancora volentieri se non vi fossi stato costretto dall'imbrunire.

Avevo con me due pesantissimi tomi, e precisamente il volume settimo e il quindicesimo di un'importante casa editrice milanese. Le iniziali dei lemmi a cui mi stavo interessando in quel momento, erano rispettivamente: W e H.

139

Rientrando con questi grossi impicci sulle braccia.

"C'è una persona che aspetta di vedervi, signor Vincenzo", mi informò il caposala che si era precipitato a soccorrermi.

"Che tipo è?", gli chiesi.

"Non lo so esattamente, signor Vincenzo, ma se non si tratta soltanto di una somiglianza, ho la sensazione che sia uno della polizia".

Un poliziotto, e cominciarono a tremarmi le mani. Rimasi incerto in mezzo all'atrio, ma entro un minuto avevo già dominato la paura e avanzai verso la porta del salone.

L'uomo appena mi vide entrare si alzò dal divano per venirmi incontro.

"Volevate parlarmi?", chiesi.

"Sì", signor Vincenzo.

Rispose l'uomo, con una curiosa vena di deferenza nella voce che mi tranquillizzò non poco: "Sono venuto per farvi alcune domande".

Stavo per chiedergli se era un ufficiale di polizia, ma... come dire, per un attimo mi mancò il coraggio, e mi ripresi subito.

"Suppongo che abbiate un mandato per potermi interrogare, non saprei su che cosa", quando con uno strano sorriso mi fermò.

"Non la metterei in questi termini, sono stato incaricato di ciò da un mio carissimo concittadino ed amico, di cui vi porto i saluti".

Lo guardai con un senso di meraviglia, "Siete venuto per parlarmi di Von Braun?", dissi.

E questa volta fu lui a meravigliarsi.

"No", aggiunsi, "non sono un indovino", è solo che lei è la quarta persona in tre giorni, me ne ha parlato Angela, saprei anche anticiparle l'argomento delle domande.

"Non dovreste aver nessuna difficoltà ad ascoltarmi, parlo a nome di quella splendida persona che è il dottor Perniciaro, proprio zio Michele, il dottor Michele Perniciaro".

Messo tranquillo gli dissi: "Sarebbe il caso che mi deste una spiegazione un poco più esauriente perché non riesco a seguirvi".

"Lo so", fece l'uomo. Ma avrei difficoltà a parlarvene qui, nel salone, si tratta di una questione di lavoro che mi sta creando una quantità di guai, e secondo Michele lei...

"Se è un fatto che richiede riflessione lo esamineremo meglio nella mia cameretta".

"Accetto di buon grado, e le sarò riconoscente".

"Bene", esordì, "non so come spiegarmi con esattezza senza comprometterne la segretezza. Comunque, voi conoscete Von Braun?".

"Otto? Sì, mi sento di dire che siamo amici".

"Franz", mi corresse lui.

"Be', io lo chiamo Otto, non è il caso di stare qui a sottilizzare".

("Tanto i nomi sono falsi tutti e due", pensai in cuor mio).

"Lo avete visto di recente?".

"Oh Dio, il gatto", pensai, mentre lo notavo annotare qualcosa su un piccolo block notes che subito fece sparire in una tasca.

"Da quando tempo lo conoscete?".

Questa domando mi irritò un poco, forse era proprio perché non ero in grado di stabilire da quanto tempo mi trovavo qui ricoverato".

"Se sapessi da quanto tempo sto qui, avrei risolto già un grande problema, ma questa domanda sarebbe opportuno che la faceste direttamente alla direttrice. Allora, mi dice di che si tratta?".

"Mi può dire qual è il suo problema?".

"No, sono fatti miei".

Al mio atteggiamento ostile, aggiunse:

"Signor Vincenzo, forse ho sbagliato l'approccio con lei, ma si tratta di una faccenda talmente riservata che se trapelasse una sola parola di quanto le dirò rischierei di essere espulso dall'Arma".

"Proceda", dissi io.

"Sareste sorpreso di sapere", disse con molta calma (mi fece pensare a quell'opera di cui al momento mi sfugge l'autore: *Diteglì sempre di sì, quando parlate con un matto*).

"Sareste sorpreso di sapere", riprese, "che il piccolo Franz Von Braun morì di polmonite all'età di due anni?".

"No, non lo sapevo, come non so proprio niente di tutto ciò che avviene in questo cavolo di manicomio, insomma, intanto per conto di chi state facendo queste indagine? Non certo per conto di zio Michele!".

"A questo non posso risponderle esplicitamente, anche se so bene di doverla ragguagliare su ogni particolare, per rassicurarla ho qui il numero di telefono del figlio Angelo, visto che anche lui ha abbracciato questa causa.

 L'indagine riguarda una delle più importanti dinastie d'Europa, non le chiederò di promettermi di non farne parola con nessuno, almeno in questo momento, mi sono bastate le parole di Angelo su chi è lei. Mi limiterò ad informarla che la cosa viene considerata top-secret, mi scusi per l'inglesismo ma ho voluto usare i loro stessi termini".

"Come faccio a credere che la CIA sia così a corto di uomini da ricorrere a un vecchio rincitrullito come me".

"Non si sottovaluti troppo, mi rincresce sinceramente di aver scombussolato il suo tran tran quotidiano, ma è in ballo una questione troppo importante e ci troviamo in un vicolo cieco".

"Non le sembra un poco vaga come spiegazione?".

"Prima di rispondere sarebbe opportuno che le esponessi alcuni fatti. In definitiva, si tratta di questo: il suo amico Franz".

"Otto", precisai.

"Il suo amico Otto sa che lei è un tecnico edile, noi le daremo un incarico sulla fattibilità di alcuni lavori di ristrutturazione, avrà quindi carta bianca per poter operare: saggi nelle mura, scavi o quant'altro.

Lei non immagina neppure lontanamente il beneficio che ne otterrebbe chi fosse in grado di risolvere un simile enigma, è un piacere che si è riservato Angelo di parlargliene (ha messo la mano sul fuoco nel contare su di lei), le ripeterò le sue parole: 'Rebus, charade ed enigmi? Conosco una sola persona al mondo in grado di risolverli, si chiama Enzo'".

"Continuo a non capire, ma lei mi sta rendendo assai difficile rispondere con un rifiuto, a quanto pare eravate sicuri che avrei accettato".

"Allora, accetta?".

"Tenterò".

"Speravo che lo facesse, contiamo molto sulle sue particolari capacità di percezione".

Stavo per dire "Anche lei?", pensando alle "scempiaggini" di Otto, ma mi prevenne quando aggiunse:

"Michele mi ha raccontato l'episodio del salvataggio di Riccardo, lui la stava seguendo quando partiste per le ricerche e s'accorse che mentre eravate diretti alle dune, vi bloccaste, poi improvvisamente vi dirigeste direttamente verso il pedalò. Tutto questo, a dire sempre di Michele, fa parte di un certo quid".

"Scusi se la interrompo, ma il quid, come dice lei…".

"No, come ha detto Michele".

"Vada per Michele, ma il quid, che io sappia, non è 'qualcosa'…".

"Appunto, qualcosa di indeterminato, non definibile, a cui la scienza ancora non ha messo mano. Insomma, nel nostro caso lei dovrà cercare una 'prova' (sappiamo per certo che esiste proprio lì da qualche parte, ma non ne conosciamo la natura, potrebbe essere, non so, un manoscritto, un medaglione, o cos'altro)".

Lo trovai molto banale (ma tenni per me la cosa) ,in ogni romanzo d'appendice un medaglione o un manoscritto nascosto da qualche parte non manca mai.

"Mi dia tre giorni di tempo", (in cuor mio già "sapevo" cosa cercare, ma avevo bisogno, in primis, di un "complice" che fosse fuori da queste mura, e lo avevo già individuato, dovevo soltanto fare la "prova del nove" di "qualcosa", di nuovo questa parolina che ci ha accompagnati per l'intera storia).

Ed era proprio a proposito di "qualcosa" che in un momento non m'interessò più di tanto, ma che alla luce di questa nuova situazione si rendeva necessario (si trattò di una di quelle sensazioni così difficili da definire, in sostanza, un giorno intravidi Otto e Angela abbracciati, e fui turbato appunta da una sensazione che sfociò in una parola: incesto). E ancora una volta mi soccorse Socrate (la sensazione è conoscenza).

"Al punto in cui siamo, lei ha il diritto di sapere come effettivamente stanno le cose, riprese il questore: un nostro agente in Germania ci riferisce che i tedeschi sono decisi a tentarne il ritrovamento senza risparmio di "mezzi". C'è da ritenere che, semmai venissero trovate certe "prove" (ma nemmeno loro ne conoscono la natura), sarebbe il principio della fine, il disastro completo per il Commonwealth".

"Gli inglesi sanno di questa minaccia così grave?".

"No, lo sa soltanto il magnate Al-Fayed, in Inghilterra, ma si sono unite due forze straordinarie per due motivi diversi (due piccioni per una fava, e che fava), e fanno tremendamente sul serio. Il vecchio Krupp non ammette economia di uomini e di mezzi, ma prima di morire, fosse pure l'ultimo atto della sua vita, vuole ritrovare un suo nipote e una sua pronipote, mentre Al-Fayed per onorare la memoria del figlio Dodi, fosse pure in una vittoria di Pirro, è determinato a decretare la fine dell'impero d'Inghilterra".

"Lei mi ha parlato di cifre".

"Veramente notevoli, sono autorizzato fin da questo momento a prometterle come primo riconoscimento, almeno un milione di sterline".

Mi venne quasi da ridere, ma decisi di stare al gioco, se le cose stavano "così" e feci un segno verticale con la mano che alludeva a ben altre "cose", ma non capirono.

"Per me va tutto bene", aggiunsi, "c'è una sola condizione, lei che è della polizia dovrà farmi fare un controllo del DNA su due reperti di persone 'diverse' che le consegnerò seduta stante, entro trenta secondi dal momento che lei mi consegnerà l'esito delle analisi, avrà quanto cerca".

("Se i miei sospetti risulteranno fondati", pensai, ma non avevo motivo di dubitarne).

Avevo circa vent'anni quando lessi un giallo (di Edgar Wallace se non vado errato), in un capitolo spiegava come per meglio nascondere una cosa era consigliabile tenerla a vista, perché l'avrebbero cercata nei posti più impensati, nei recessi più improbabili.

A questo punto è d'uopo (direbbe Totò) che io ritorni al dopo cena con Otto.

<h2 style="text-align:center">142</h2>

A un dato momento, sempre camminando, camminando (stavamo camminando nella porzione di bosco retrostante il castello, il lettore attento se ne ricorderà) gli scappò un rutto che dedicò: "Alla faccia di Re Giorgio". Fu la fatidica "goccia".

Ma quello che più di tutto mi tornò in mente a proposito della sua scurrilità, furono le parole, anzi, la parola che la mamma gli sussurrò all'ultimo respiro (così mi disse): "Hannover". (Quando si dice le mamme).

"Aveva quarantadue anni quando, a quella parola, quella stessa mattina si precipitò all'aeroporto di Lamezia Terme, non vi erano aerei in partenza per Berlino, ma nell'impazienza si imbarcò su un volo diretto a Milano con scalo a Roma, da dove gli fu facile raggiungere Berlino".

Fu proprio ad Hannover che cominciò il difficile:

Franz Von Braun, anno di nascita 1917, circa.

La signora addetta all'anagrafe fu di una squisitezza infinita, si appassionò addirittura alla vicenda di Franz (non è escluso che fosse per la sua bellezza), ma per quanti sforzi fece, non le riuscì di cavare un ragno dal buco. I Von Braun erano migliaia (un poco come gli Esposito a Napoli, i figli di genitori "incerti" venivano definiti con le due lettere N.N., ma subito dopo la Seconda guerra mondiale fu soppressa quest'infamia).

Fu una grande tristezza per me la fine di questa storia, ma, "riprendendo da Girifalco", e dalla cena al castello.

Rendendomi conto che Otto era completamente ubriaco, proposi di rientrare. Ah, prima che me ne dimentichi, da circa otto giorni (dalla serata della "cena", il gattone della direttrice non si "trovava" più).

Appena entrati sgomberò la scrivania e, sfilato l'involto che stava in quel grosso tubo sul camino, ve lo srotolò sopra.

Era la planimetria della città di Hannover, che tenemmo ben tesa con quattro bottiglie di birra.

143

Nel passare la mano con l'eminenza ipotenar (insomma la parte del palmo esterna vicino al mignolo) per stendere bene il foglio, sentii a un certo punto "qualcosa" come dei piccolissimi rilievi che mi diedero uno strano brivido, non sapevo cosa mi stesse prendendo.

Per il terribile mal di testa che mi scoppiò in concomitanza, dovetti tenere le mani strette alla tempie.

Per fortuna durò soltanto pochi secondi.

Con grande meraviglia di Otto, improvvisamente fui preso da un'irrefrenabile desiderio di scappare via, mentre arrotolava la planimetria, non osai nemmeno guardarla. Gli strinsi la mano fuggevolmente, stava per aprir bocca quando lo prevenni: "Non parlare, non dire niente", e lo lasciai sbalordito a fissarmi.

144

Questa volta mi tocca tornare dall'amico di Michele il questore di Soverato, altrimenti non riesco a districarmi, il lettore ricorderà sicuramente che avevo parlato della prova del nove.

Era un venerdì di settembre, tempo di vendemmia, l'alba era appena salita, il giorno prima promisi a Otto che sarei andato di buon'ora ad aiutarlo per la raccolta dell'uva fragola, aveva appena completato il suo lavoro quando mi misi al torchio.

Dovevano essere non meno di due quintali, mi misi di buzzo buono, mentre lo guardavo di sottecchi, era proprio bello, ma non solo bello, come dire, era austero, ecco.

Intorno a mezzogiorno e mezza, avevamo già finito tutta la torchiatura, spostammo il torchio da sopra la grande vasca e lo sciacquammo per bene. Otto stese un telo sopra la vasca e andammo a farci una bella doccia, stesso lì, sull'aia.

Mi sembrava uno dei bronzi di Riace con quel possente "affare" pendulo.

Non vi fate venire strane idee, anch'io ero abbastanza sotto-sviluppato.

145

Sapevo che per quante passate di bagnoschiuma avessi fatto, l'odore di fragola dal naso non si sarebbe tolto facilmente, ma era questione di qualche oretta.

Rientrati al castello, mi offrì un buonissimo caffè tedesco, quello solubile che ben conoscevo e che ancora una volta gradii.

Con una certa di forma di "indifferenza", dissi: "Scusami Otto, mi dovresti prestare un momentino la piantina di Hannover che hai sul camino, sai ne ho parlato con Angela, (ed era vero, si era talmente incuriosita che tanta curiosità mi era sembrata fuori luogo). In ogni caso le ho promesso che gliel'avrei portata a vedere l'indomani, se tu non hai niente in contrario a prestarmela". Al suo sguardo dubbioso aggiunsi ancora una volta le parole: "Non dire niente!".

Nel chiuso della mia bella cameretta, srotolai la piantina sul tavolo, non avendo birre con me, apposi dei libri ai quattro angoli.

Questa volta mi preoccupai di renderla bella tesa. Non so perché, quasi mi mancava il coraggio di guardarla.

Ad ogni buon conto, un poco per temporeggiare, un po' per... non so che, decisi che fosse opportuno che mi rilavassi le mani, finita l'abluzione, e una volta asciugatemele bene, tenendole alte un po' come fanno i chirurghi (mancava solo Angela che mi venisse a mettere i guanti sterili), con molta cautela, quasi distogliendo lo sguardo (mi sarebbe stato sufficiente il tatto), mi avvicinai e quasi religiosamente poggiai il dorso della mano destra all'inizio del foglio sul lato sinistro, e cominciai a scorrerla sulla mappa.

Dalla metà foglio in su, avvertii quelle minuscole protuberanze che ben conoscevo e che questa volta mi fecero dire: "Oh Cristo santo, questa è scrittura braille".

146

Ancora una volta era di venerdì, Claudietta sarebbe venuta l'indomani, sabato, intorno alle quattordici le telefonai, la vera prova del nove doveva essere lei a farla.

Al Vomero in via Cilea, lato corso Europa, vi è un istituto per ciechi, mio padre che spesso faceva volontariato vi accompagnava i suoi operai per piccoli lavori di manutenzione.

Quel sabato mattina Claudietta fu puntualissima, (la mamma era alle prese con i nipotini e non poté venire).

Ero talmente impaziente che la feci trattenere soltanto un paio d'ore (di solito il sabato restava con me a pranzo e ripartiva il pomeriggio). Anche lei fu "presa" dalla storia che le accennai, mise il tubo in macchina e partì.

Già la mattina dopo, verso mezzogiorno, udii Angela che mi chiamava, lasciai il libro sulla mia solita panchina ed accorsi, la linea era caduta, era sua figlia Claudia, al colmo della paura non aspettai che mi richiamasse e provai a chiamarla io, ma la linea risultava sempre occupata, quando Angela si accorse della mia ansia mi consigliò di lasciare al suo posto la cornetta, non appena la posai il telefono trillò. Risposi al primo squillo:

"Papà, sei un asso, dice bene Riccardo, sei 'Eugenio', domani veniamo io e Antonello".

"Ma dimmi".

"No, da vicino, avevi ragione, sono cose da sbalordire, ciao, ti abbraccio forte forte, ti voglio bene, papà".

"Io te ne voglio di più, ma per favore, accennami qualche cosa, non mi farai dormire questa notte".

"No, a domani, prenditi una camomilla, un bacio, ciao".

"E a te cento, mille baci, figlia mia, mentre il telefono mi dava del tu".

Il tempo di posare la cornetta che il telefono trillò di nuovo, pensai a un ripensamento di Claudia e ancora una volta risposi al primo suono, ma mi ero illuso, riconobbi la voce del questore.

"Potrei parlare col signor Enzo, per favore?"

"Mi dica tutto, sono io".

"Ah, mi era sembrata la sua voce, voglio dirle che quei due reperti che mi ha dato, sono di una sola persona, non due, forse si è sbagliato".

"No, non mi sono sbagliato, anzi, ho fatto tombola!".

"Non capisco".

"Lei si trova qui a Soverato?".

"Sì".

"Ma non doveva stare qui trenta secondi dopo che mi avrebbe dato quel responso, che fa, prende tempo?".

"Allora, posso venire a disturbarla?".

"Voli".

CASA D I HANNOVER:
Antico regno della Germania del nord della Repubblica Federale Tedesca.
Durante la Prima guerra mondiale assunse la denominazione di Casa di Hannover-Sassonia-Coburgo-Gotha.

HANNOVER-WINDSOR
Edoardo VIII (1894 principe di Galles, 1911-1936, re di Gran Bretagna e d'Irlanda (1936); abdicò nel dicembre, duca di Windsor (1937) sposò nel 1937, Wallis Warfield Simpson).

GIORGIO VI
Alberto come duca di York (1920-1936), re di Gran Bretagna e d'Irlanda del nord. (1936-1952) sposò nel 1923 Elisabeth Bowes-Lyon, figlia del conte Claudio di Strathmore e Kinghorne.

Nel 1915, allo scopo di sciogliere ogni legame con i suoi scomodi affini tedeschi, re Giorgio VI nell'acquistare, il 17 Luglio 1917, il castello della cittadina di Windsor, escogitò di nominare questo ramo della sua famiglia Casa di Windsor. Mentre il ramo cadetto di Battemburg lo mascherò sotto il nome di Mountbatten.

GIORGIO LUIGI (1892-1938)
Marchese di Mildford-Haven, Sposò nel 1916 Nadeja, contessa di Torby figlia del granduca Michele di Russia.

ELISABETTA II (1926)
Duchessa di Edimburgo (1947) regina di Gran Bretagna, capo del Commonwealth (1952). Sposò nel 1947, Filippo principe di Grecia, duca di Edimburgo.

"FRANZ VON BRAUN", figlio di primo letto del marchese di Milford-Haven, per l'incesto con la matrigna Nadeja, contessa di Torby, Figlia del granduca Michele di Russia, fu mandato in esilio assieme alla figlia frutto della sua colpa, in un castello della Calabria.

Nel 1919, IL LORD DAVIDE MICHELE, MARCHESE DI MILFORD HAVEN (Alias: OTTO), E LA FIGLIA CONTESSA (ANGELA) donarono la nuda proprietà del castello feudale di Girifalco, al comune di Reggio di Calabria rimanendovi in qualità di: "OSPITI D'ONORE". (*Ergo*, non è mai esistita una dinastia inglese a nome Windsor. "Vedi Hannover").

147

Ieri Giovanni ci ha portato tutti al mare sulla spiaggia di Soverato, dove mi è accaduta la cosa più strana che potesse mai accadere.
Nell'attimo in cui mi tuffai in acqua e cominciai a nuotare, avvertii intorno a me la strana sensazione di trovarmi nel mio

elemento naturale, e che stavo guizzando né più, né meno, come un pesce (non ne ho mai fatto parola a nessuno).

In questi giorni mi sono ricreduto sulle responsabilità di zio Michele e di tua madre, ma che dire, "domani è un altro giorno", (mentirei se rispondessi anch'io "francamente me ne infischio").

Il dottore dice che questo "ravvedimento" è una cosa buona. Sono felice di aver fatto contenta tua madre.

A Napoli i dottori mi facevano vedere farfalle, ragni o scorpioni, ma nessuno di loro è stato in grado di diagnosticare la fonte di tutto questo che mi accade, né di curarmi.

Ti dirò adesso com'è che mi sono trovato a scrivere, lo faccio per "cura", ecco come sono andate le cose.

148

Il primo giorno di ricovero mi fecero una gran quantità di prelievi di sangue, la sera tardi passò da me il mio medico curante dicendomi: "Signor Vincenzo, domani mattina vorremmo parlare un poco con lei, io e il primario, le va bene intorno alle sette?".

"Ci mancherebbe altro", risposi.

"Bene, allora a domani, buona notte".

"Alle cinque del mattino ero già pronto, sbarbato, lavato e profumato".

Alle sei bussò Angela ed entrò.

"Ah, il mio angelo".

"Sono venuta per prepararla, signor Vincenzo".

"Prepararmi? E a che cosa? Non mi dica che debbo subire un intervento?".

"Be', come se fosse, io la devo preparare psicologicamente, le voglio anche dire che il professore è bravissimo, e che lei non deve stare teso".

"Non lo sono affatto".

"Meglio così, le dico un segreto, risponda alla domande del professore senza aggiungere niente di più, è quello il trucco, Vedrà che andrà tutto benissimo, da me potrà ottenere tutto quello che vuole".

Era consapevole del fatto che quello che aveva appena detto poteva avere un significato ambiguo?

A meno che non si trattava di nuovi metodi di "cura" con queste infermiere disinibite.

Ad ogni buon conto gettavo sempre nel water tutte le medicine che mi portava.

149

Alle sette precise arrivò il professore col mio medico e un codazzo di giovani laureandi.

Fu molto cortese, cominciò parlando del più e del meno (capivo che era per rompere il ghiaccio e cercare di mettermi a mio agio) con una serie di domande che mentre sembravano banali poi diventavano sempre più "sottili" (non saprei come altro definirle).

Ero stato più volte sul punto di controbattere e questa volta ne avevo una voglia matta, quando affermò che chi dimentica le cose avvenute poco prima si trovava sulla buona strada che conduce alla demenza, mentre la metà del mio cervello mi diceva invece, se è vero che dimenticavo le cose, che le regole che applicava ai suoi pazienti non mi riguardavano, ma ancora una volta gli sguardi allampanati dei suoi assistenti me lo avevano impedito, desiderosi di ascoltare la lezione (in fin dei conti di questo si trattava per loro), fino alla fine.

Poi, rivolgendosi a tutti, non capii se intendesse annoverami, disse:

"So bene che chi fa domande si trova in una situazione di vantaggio nei riguardi di chi deve rispondere e quindi non ne farò. Lei, signor Vincenzo, esponga con chiarezza ciò che ha da dire, mi sono accorto che stava sul punto di sbranarmi e i miei allievi l'hanno dissuaso più volte".

Alle sue parole, tremando, raccontai, rivelando per la prima volta in vita mia un segreto così intimo, a cominciare dalla mia infanzia.

Mi ascoltò con profonda attenzione, quale mai nessun medico, quale mai nessun'altro medico mi aveva prestato, mentre mi guardava fisso negli occhi al punto che dovetti abbassare lo sguardo.

"Lei sta pensando più di quanto è stato capace di esprimere", disse gentilmente, "se le cose stessero realmente così, come lei le ha prospettate, saprebbe bene che non ha mai vissuto in pieno ciò che pensava di dover vivere, e questa non è una buona cosa, solo tutto ciò che pensiamo e viviamo è importante".

"Ma io forse ho commesso cose orribili".

"Signor Vincenzo, questo nostro colloquio è stato molto importante, lei si trova in uno stato d'animo, al momento non saprei dirle causato da che cosa, in cui non riesce a capire il vero significato di ciò che è lecito e di ciò che non lo è, ne ha soltanto intuito una parte, ma ne stia certo, il resto verrà, l'importante è che ognuno di noi deve saper stabilire cos'è permesso e cos'è proibito, parliamo di qualcosa che in qualche modo ha a che fare coi freni inibitori".

150

"È vero, non sono stato capace di niente, ma non credo di essere stato poi tanto incauto di chiedere se alla mia morte finisce tutto, e dunque, qual è il mio reato?".

"Se le dicessi che le sue considerazioni sono basate soltanto su pure e semplici sensazioni?".

"Le risponderei socraticamente che le sensazioni sono conoscenza".

"Ma una conoscenza può essere vera o non vera".

"E io mi sentirei di dirle che esse non possono mai riferirsi al nulla, è evidente che se ho una sensazione di freddo in quel momento ho freddo, così dicasi del caldo e della paura, e quindi anche una conoscenza non vera s'innalza all'altezza di quella vera".

Si girò a guardarmi, poi puntando un dito:
"Socrate è, e tornò a sedersi".

151

"Signor Vincenzo", riprese, "dal momento che lei è un socratico, le dirò che non erano poche le malattie che sfuggivano ai Greci, perché trascuravano il tutto di cui invece bisogna aver cura, perché se il tutto non sta bene, è impossibile che la parte stia bene, e quindi pensare di guarire la testa per se stessa senza il corpo intero è una follia totale.

Bisogna curare l'anima in primo luogo se vuole che le condizioni del resto del corpo siano buone.

La cosa sta dunque in questi termini, premesso che talvolta il rifugiarsi in un'infermità è un'evidente difesa contro qualcosa che non ce la sentiamo più di tollerare, lei deve scegliere se lottare o fuggire.

Una volta presa la decisione, però, qualunque essa sia, siamo sulla buona strada per recuperare la salute.

Ma dovrà attenersi alla decisione fino in fondo. Se deciderà di mettere da parte i suoi timori, se nel suo animo c'è assennatezza, e io lo so che è sufficientemente assennato, lei non ha alcun bisogno di cure particolari, deve soltanto imparare ad accettare che questa realtà faccia parte della sua esistenza".

Poi continuò:

"Tocca a lei operare una scelta, o continuare a vivere normalmente ignorando tutto (il che non le sarà possibile) o fare di ogni cosa lo scopo della sua vita, e mettere per iscritto di volta in volta tutto ciò che sogna, se vuole ricavare il massimo da quello che lei stesso dice essere 'il resto della sua vita' e farlo diventare invece parte integrante della sua vita".

Lacrime, sorrisi, sogni. "Lo ha detto lei, la vita è fatta di queste cose".

"C'è ancora un'altra cosa che voglio dirle – c'era un sorriso molto gentile nei suoi occhi – lei non è affatto matto, la tragedia che avete vissuto in famiglia non è stato soltanto un brutto sogno, ma una terribile realtà, parli frequentemente di suo figlio, onori più che può il suo ricordo che le si ripresenterà più spesso se non sarà accompagnato dalla tristezza (ci si intrattiene malvolentieri con una persona che è sempre triste).

Ricordate spesso qualche sua arguzia sorprendente per la sua età, anche nella speranza delusa che il vostro cuore di padre aveva riposto in lui.

E adesso ve lo dirò con le parole del vostro filosofo preferito: 'Che cosa saresti disposto a pagare, beninteso se quello che si dice è vero, per incontrare tuo figlio, la tua mamma, il tuo papà e tutti i tuoi amici cari?'".

Prima di dimettermi, mi sottoposero a tutti i test possibili e immaginabili che riuscirono ad inventarsi.

La cartella clinica era piena di quei paroloni che solo loro conoscono, io vi lessi soltanto la conclusione: adorabile mistificatore per "necessità recondite".

Volevi sapere perché scrivo? Ecco, ora lo sai me lo ha prescritto il medico.

152

Ci fu un precedente in fatto di scrivere, anzi due.

Il primo, lo ritengo ininfluente, riguardava la scuola elementare, non ero mai capace di seguire una traccia quando c'era compito in classe, il fatto è, che qualsiasi fosse il "tema" nel momento che mettevo la penna su quel foglio immacolato, mi si apriva davanti un mondo smisurato, in conclusione non seguivo le "tracce" ed uscivo immancabilmente fuori tema, e la maestra puntualmente: "Amoruso, io te l'ho sempre detto, tu dovresti fare il romanziere".

Il secondo "precedente" anche se da un certo punto di vista era un po' banale, era pur sempre significativo, difatti mi è rimasto in mente e lo ricordo sempre con piacere. Certamente per l'importanza dei protagonisti.

Conobbi Giovanni Arpino (sì, proprio il noto scrittore) intorno agli anni Cinquanta.

Eravamo in vacanza come ormai da diversi anni All'Hotel San Domenico di Soverato, una sera ci mancava un componente del solito tavolino di tressette, un paio di loro non erano bravi a giocarlo col "morto".

Un po' smarriti cominciammo a guardarci intorno, quando vedemmo avvicinarsi un signore dall'aria familiare a braccetto col direttore.

"Signori, ho l'onore di presentarvi lo scrittore Giovanni Arpino, mio amico di sempre che indelicatamente (così mi ha detto) ha seguito il vostro "dramma" e volentieri si aggregherebbe a voi per fare il quarto".

"L'onore è tutto mio naturalmente, Gianni (era il nome del direttore) scherza sempre".

Scambiammo prima alcune parole, ma niente di particolare.

A un certo punto però, lo scrittore ci confessò un suo peccato, si era interessato del nostro tavolo di tressette perché uno dei partecipanti era un noto avvocato del tribunale di Napoli, uno di quelli che veniva definito un "principe del foro", e sarebbe stato felice di conoscerlo, anche perché nel suo ultimo romanzo che stava scrivendo *Delitto d'onore* si trova in una sorta di *cul-de-sac*.

Ci infervorammo talmente che la serata di gioco sfumò (confesso che non dispiacque a nessuno).

Raccontataci per sommi capi la trama del romanzo, (il nostro "avvocato" si chiamava Amilcare, io lo chiamavo "Ponchielli"), gli sciorinammo tanti di quei piccoli stratagemmi, per l'impasse in cui si trovava, che a un certo punto sbottò: "Siete proprio sprecati con le carte in mano, voi dovreste fare proprio i romanzieri".

Quando ci parlò della spina nel fianco costituita da un giornalino locale dei ragazzi del liceo, fui io a suggerirgli di aiutarli in qualche modo (seppi poi che avevano comprato una nuova rotativa).

All'imputato dichiaratosi colpevole per salvare l'onore della famiglia, furono concesse le attenuanti generiche e il ricovero in una clinica psichiatrica per un tempo "equo", a quel tempo i delitti d'onore erano contemplati dal codice penale.

155

Tua sorella Claudietta mi lasciò il suo telefonino, ma non aveva con sé il caricabatteria, non fu un gran danno perché in macchina aveva quello che si applica al posto dell'accendisigari, e mi lasciò quello.

La sera m'accorsi che la batteria era quasi agli sgoccioli, pregai l'autista dell'ambulanza di metterlo sotto carica, me lo sarei preso l'indomani mattina.

Nel pieno della notte sognai il telefonino che squillava, mi svegliai di soprassalto, accesi la lucina sul comodino e cercai dappertutto, niente, finalmente mi ricordai che l'avevo affidato all'autista dell'ambulanza per farlo ricaricare, ripresi facilmente sonno, ma dopo un po' di nuovo quel suono, sospettando chi poteva essere a quell'ora di notte, spensi la luce e al buio, col viso nel cuscino, dissi: "Pronto?".

"Ciao papà, scusami se ti ho svegliato".

la voce era un sussurro e non si capiva se era Claudia o... Antonello.

"Domani mattina vengo a prenderti, ti riporto a casa".

"No, domani mattina non puoi venire, viene il professore a visitarmi, che giorno è oggi?".

"È venerdì".

"Allora vieni sabato".

"Okay, a dopodomani allora. Ciao".

156

Non era ancora l'alba quel sabato quando ero già pronto di tutto punto, sentivo l'impazienza per la prospettiva di tornare a casa.

Incapace di stare seduto, camminavo su e giù per la stanza, guardando il chiarore dell'alba che montava piano piano, poi preferii sedermi in poltrona ancora un po'. Dovetti assopirmi per qualche tempo perché quando mi svegliai il sole era già alto e cominciai a preoccuparmi che "Andrea" non venisse.

Dal basso della poltrona, tutto ciò su cui posavo lo sguardo mi sembrava irreale, al culmine dell'eccitazione mi aggrappai convulsamente al campanello in capo alla testiera tenendolo premuto.

Subito accorse Angela con un'espressione corrucciata.

"Cosa succede, signor Vincenzo, ha svegliato tutta la clinica".

"Sono stanco di aspettare, ho paura che sia successo qualcosa a mio figlio, ho da sentito un signore arrivato poco fa che la strada è sdrucciolevole".

"Non si preoccupi vedrà che non è successo niente, adesso le preparo una tisana che la calmerà".

"Appena uscì, sgattaiolai in giardino e mi misi dietro al cancello sbirciando le auto in arrivo, avrei riconosciuto i fari della sua macchina per il colore leggermente diverso del faro di destra sostituito da poco.

La volta del cielo all'orizzonte si era ormai sollevata mostrando un lungo sottilissimo filo di luce. Sarebbe stata tale, pensai nella mia stupidità, la visione se fossi stato all'interno di una grossa ostrica che si schiudeva.

157

Le ore passavano e Andrea non arrivava, si fanno sempre mille pensieri in questi casi, proprio in quel momento si fermò la macchina del mio dottore davanti al cancello, erano le otto precise, pensai, col mio dottore si possono regolare gli orologi la mattina.

"Giovanotto che fai a quest'ora qua fuori?".

"Prendevo un poco d'aria, sono uscito in questo momento".

"Lo sai che l'umidità non è una buona cura per la tua asma, rientra con me e ci facciamo un bel caffè".

Lo seguii a malincuore, meno male che la valigia l'avevo lasciata dietro la porta. Dopo pochi minuti che avevamo preso il caffè, ci raggiunse Angela.

"Stamattina c'è la gita al villaggio Palumbo", disse. "Andremo proprio nel cuore della Sila, o meglio, andrete, dottore guardi la mia guancia, ho un ascesso sto prendendo gli antibiotici, domani il dentista dovrebbe estirparmi un molare".

Erano le nove e mezza, la partenza era stata programmata per le dieci. Mi aggregai, tanto, pensai, se Andrea viene (non ero nemmeno più tanto sicuro che non l'avessi sognato), se viene mi avviserà col telefonino, ma poi, il mal di testa, tremendo, tre secondi e svanì.

Oggi era l'11 di agosto, mia moglie… già, mia moglie, non so da quando tempo abbiamo rotto i ponti, forse da ieri, forse il secolo scorso, stiamo nel terzo millennio? Forse era un caso di metempsicosi, avevo anche una figlia? Altri figli? Forse mia moglie si è risposata, non ci voglio nemmeno pensare. Avevo due punti fermi, e nessuno me li avrebbe tolti. Mai: Andrea e Guglielmo.

Mancavano sei o sette minuti alla partenza, gli ospiti erano tutti in gran fermento.

Corsi al piano superiore dove c'era la cameretta di Angela, entrai e mi venne da piangere, l'amavo come avrei potuto amare mia figlia di cui non ricordavo più niente. La supplicai, "Alzati e vieni con noi, lo devi fare per me, tu sei l'ultima possibilità che mi rimane".

"Va bene, va bene, vengo con voi".

158

Il villaggio Palumbo distava a non più di un'ora di macchina da Girifalco, strada facendo ricordai al mio medico la storia che gli raccontai di Riccardo, ricordo bene quello che mi disse, che per questo genere di cose con lui sfondavo una porta aperta, ma la scienza ha bisogno di prove concrete, occorrerebbe poterle riprodurle.

Fu così che lo convinsi a fare una piccola deviazione dato che passavamo proprio a poche centinaia di metri dal bosco di Mongiana.

La sosta si rivelò veramente piacevole per i malati, costeggiammo un fiumicello e arrivammo in quello slargo dove avvenne (tanti secoli fa) la "cosa".

La fontanella era sempre attiva, dato il gran caldo tutti ci apprestammo a bere. Avevamo tanti bicchierini nei nostri bagagli, ma chi con le mani a coppa, chi nelle bustine di plastica sfilate dai pacchetti di sigarette, e c'era stato pure qualcuno che aveva messo la testa sotto il getto.

Nel rivedere quel lungo tavolo, quelle panche, mi venne voglia di sedermi un po'.

Dall'altro capo del tavolo, non c'era nessuno.

Appena ci richiamarono all'ordine, scattammo tutti quanti. Angela, misteriosamente chiamò da parte il dottore, che le fece aprire la bocca per controllare meglio, l'ascesso non c'era più, ma il dottore si accorse che le lenti gli si erano appannate, così pensò, tolti gli occhiali trovò che non erano affatto appannati, e che adesso senza occhiali ci vedeva meglio di prima, e l'infezione al molare di Angela era sparita.

Una delle signore che portava le lenti a contatto se le dovette togliere in fretta perché non vedeva più. Il dottore e Angela mi si avvicinarono e mi guardarono in maniera da costringermi a dire: "Io non ho fatto niente", mentre ricordavo le parole di Michele: "Che cazzo di trucco hai fatto". (Certo, era l'11 agosto, festa di Santa Chiara).

La gita fu una cosa memorabile, quella giornata all'aria aperta fu "risanante".

Erano le ventuno trascorse da poco quando rientrai nella mia camera, aprii la custodia della mia Lettera 22 e cominciai a sistemare i vari foglietti che vi avevo gettato in tutta fretta quella mattina, "Tanto", pensai, "Andrea se viene mi bussa".

Ero molto agitato, non dovevo aver capito bene quella notte (mi sta capitando un poco troppo spesso di non capire, sarà meglio non farne parola con nessuno, nemmeno coi medici), forse l'appuntamento era per domenica mattina.

Accesi il televisore e irruppe un frastuono che fece tremare la clinica, spensi subito, ma il fracasso aumentò, mi alzai impaurito e spiai attraverso le doghe. Il giardino era affollato di decine di macchine di tutti i tipi, qualcuno bussò alla mia porta, accorsi a mettere il chiavistello e domandai: "Chi è?".

"Signor Enzo, mi apra, sono Angela, ci sono dei signori della televisione che la vogliono intervistare".

"Il dottore aveva parlato", pensai.

Aprii cautamente la porta ma fui abbagliato da una luce insopportabile, non vedevo più niente, quando si resero conto di avermi quasi accecato girarono quelle grosse lampade dall'altra parte e un bel giovane dal viso conosciuto mi si avvicinò. Lo conoscevo ma per i nomi ho una specie di idiosincrasia.

In quel momento arrivò il primario mentre il reporter mi diceva: "Signor Enzo, siamo in diretta".

"Mi scusi", dissi, "sono frastornato, non mi sento bene", poi dissi al professore: "Il dottore vi ha parlato di me?".

"Sì, ma si rilassi".

Mi prese il polso mentre Angela mi metteva una piccola pillolina di color rosa sotto la lingua.

"Angela, faccia un E.C.G. al signor Amoruso e gli misuri la pressione".

"Signori, volete favorire con me nel salone? L'ammalato in

questo momento ha bisogno di riposo assoluto".

160

Dopo circa un'ora (così pensai ma dovette essere molto di più), non capivo più niente e preferii andarmene a letto. Cercai di leggere prima un po' ma le lettere non le vedevo, posai il libro sul comodino, spensi la luce, e caddi in un sonno profondo.
"Papà", la voce proveniva dalla parte della finestra, ma era soltanto un sussurro e poteva essere sia di Antonello che di Claudia, perché nei sussurri non si riesce mai a capire se è una voce maschile o femminile, ad ogni buon conto mi alzai e aprii una fessura nella veneziana per guardare fuori.
Il giardino era deserto e si scorgevano le luci basse collocate nelle aiuole. In fondo al viale c'era un uomo che spazzava con una grande scopa il fogliame dai viali e lo portava via con una carriola.
Lasciai andare le stecche della tapparella che si chiusero senza far rumore. Rimasi a fissarle per qualche tempo, poi mi voltai e tornai a letto.

161

Ripresi il libro e lo scrutai pensieroso per un attimo poi lo posai e spensi la luce.
"Papà?".
Con un salto spalancai la porta e uscii nel giardino, Lui mi venne incontro e ci trovammo stretti in un abbraccio disperato, fu a quel punto che mi trovai abbracciato a me stesso. "Ma che importa", mi dissi, "Lui è qui e mi sta parlando".
"Ti vedo molto bene, papà".
"Sì, mi sono ripreso, sei venuto a liberarmi?".
"Non dire così, ormai è tutto finito, andiamo".
Mi mise un braccio intorno alla vita, e così, come mi trovavo, in pigiama e pantofole, ci avviammo verso l'auto che avevo già

avvistato in una vicina piazzola di sosta.

Mentre apriva gli sportelli mi chiese se volevo guidare io, gli risposi che erano due o tre notti che non dormivo e correvo il rischio di addormentarmi al volante.

<h2 style="text-align:center">162</h2>

Per molti chilometri, contrariamente al mio solito, rimasi taciturno, la cosa non poté non insospettirlo e mi disse:

"Papà, non me la conti giusta, dimmi tutto", (era un suo intercalare).

Feci segno di continuare, che gli avrei parlato più avanti.

Non avevo osato parlare fino a quel momento per paura di rompere l'incantesimo della sua presenza (non ebbi nemmeno il coraggio di toccarlo per paura che sparisse).

Quando si accorse che lo stavo osservando, sbottò: "Insomma mi vuoi spiegare perché sei così misterioso?".

"Allontaniamoci un altro poco", dissi, "e dovrai promettermi di non dire una parola fino a quando non avrò finito di scrivere questa storia". (Non parlai di mio fratello Guglielmo per paura che mi riportasse indietro).

Gli raccontai della funzione che aveva avuto quella bevuta nella mia guarigione dall'enfisema polmonare, dall'asma e dalla follia, e delle tante altre guarigioni.

<h2 style="text-align:center">163</h2>

Quando mi fermai a riprendere fiato, mi chiese:

"Se ho capito bene, stando a quello che hai detto, sei convinto che sia stata la bevuta di quell'acqua ad aiutarti a guarire, esatto?"

"Hai capito benissimo, e non ha guarito solo me. Qualcosa di molto importante si nasconde dietro il gesto di Riccardo, che ho riprodotto in presenza di zio Michele, e di tanti altri testimoni".

"Raccontamelo".

"Quando Riccardo quel giorno si avvicinò alla brace con la pistola carica d'acqua e cominciò a spruzzarla sui legni ancora ardenti per sentire il caratteristico pff, pff, vi erano intorno al fuoco una miriade di termiti carbonizzate, ma nell'attimo in cui furono raggiunte dagli spruzzi, si scrollarono e fuggirono via. "Cos'erano? Tutte Arabe fenici?", disse.

164

"Parlami del Bambino".
"Mi è molto difficile decidere da quale momento iniziare il resoconto dell'ultimo avvenimento, ma penso che l'arrivo al bosco possa costituire un buon inizio, io al bosco ci sono tornato, da solo.
Fu una mattina di settembre dello stesso anno che volli ritornare a Mongiana.
Misi ordine nei mie lavori e partii per Soverato (la sera prima caricando in macchine paline e teodolite lasciai intendere a tua madre che andavo per un importante lavoro di lottizzazione).
Quando arrivai sul posto provai l'impressione che qualche cosa di soprannaturale vi aleggiasse ancora.
Mi avvicinai alla fontanella e mi fermai pensieroso, avevo fatto cinquecento chilometri per tornare in questo posto, e non sapevo nemmeno io perché, misi una mano sotto quel getto ghiacciato, e bevevo in continuazione, quando smisi di bere, mi trovavo proprio lì, dove Riccardo aveva caricato per la prima volta la pistola, scrollai la mano dall'acqua rimasta proprio all'altezza della piccola pozza, anche se questa volta l'acqua non debordava (mancava la grossa anguria) quel gesto che avevo fatto di schizzare poche gocce d'acqua in quello che la volta precedente avevo chiamato piccolo laghetto, fece tremolare un poco la superficie.
'Non posso stare in questo posto', dissi ad alta voce, mentre 'qualcosa' attirava la mia attenzione, mi avvicinai al laghetto e come uno specchietto mi rimandò un viso di bambino, mi

inginocchiai e posata la bocca sulla superficie… lo ingurgitai".

165

"Se sei stanco di guidare adesso posso passare io al vol…". Una luce abbagliante ci investì in pieno…
E fu il risveglio, l'inizio del mio sogno più triste.
Avevo vissuto assieme a mio figlio, in diretta, la terribile premonizione che in qualche modo credevo di aver esorcizzato tanti e tanti anni prima.
Aveva sette anni Andrea quando sognai tutto questo. Un caso? Ma cos'è mai un caso?
Mi svegliai con la testa poggiata sulla scrivania ingombra di centinaia di bigliettini e telegrammi, riuscii a leggerne solo due:

Cari mamma e papà di Andrea,
l'averlo conosciuto e il ripensare alla sua tenace gioia di vivere, mi fanno credere che il suo spirito sopravvivrà.
Per spiriti come il suo, vi deve esistere per forza un'immortalità come noi possiamo soltanto lontanamente vagheggiare, fra le lacrime mia moglie mi ha chiesto se adesso Andrea sarebbe diventato divino, le ho risposto che Andrea lo era già, Divino…

Caro Andrea,
sei sempre il solito burlone, ma se mi accorgo che è tutto uno scherzo, sai che ti faccio, ma sai che ti faccio?
Ti abbraccio

Ancora mi chiedo, come fosse mai possibile che quella creatura meravigliosa avesse scelto di nascere nella nostra casa.
Addio, figlio mio, grazie per aver voluto trascorrere la fanciullezza tra noi, grazie per tutto l'amore che ci hai dato. Se addio significa arrivederci da Dio, che bella speranza, allora addio figlio mio, addio piccolo Andrea, non so quando potremo rivederci, ma quando questo mistero sarà svelato, sarà un grande

giorno per tutta l'umanità. Grazie mio piccolo Re. (Il tuo gigante).

166

Soluzione degli enigmi ed epilogo.
Mi sembra ormai superfluo a questo punto precisare che per entrambi gli enigmi mi è stato rivelatore il numero sette (Andrea sapeva di questa mia, "simpatia").
Per la tragedia di mio figlio, secondo mia moglie ci doveva essere un disegno divino, qualunque fosse, dovevamo cercarlo.
Trovammo la soluzione di questo angoscioso sogno enigmatico nelle parole di quel frammento di poema, ci fu sufficiente leggere le parole di sette in sette: 7-14-21-28-35-42-49.

SE IL CHICCO DI GRANO NON MUORE

167

LA FUSIONE FREDDA FLEISHMANN E PONS

Con la mia solita mania, capii che quei numeri dovevano diventare sette lettere da collegare ai rispettivi posti nell'alfabeto.
La prima lettera non poteva essere ricavata dal 61, e quindi presi il 6 che nell'alfabeto corrisponde alla lettera F.
Scartai l'1 (in una parola di sette lettere cinque lettere A sarebbero state un poco troppe, e quindi presi il 13, corrispondente alla lettera O.
All'ennesimo 61 presi ancora una volta il 6 F.
Seguito dal 10 L.
Poi 12 (sempre escludendo l'1) N.
Ancora 13 O.
E ancora 12N.
Ottenni così: 6-13-6-10-12-13-12 (sette lettere).

FOFLNON

Erano le tre di notte, me ne andai a nanna senza cavare il ragno dal buco.

Mi svegliò, all'alba, il solito mal di testa, giusto il tempo di poggiare la macchinetta del caffè sul gas che afferrai la penna e visto che quelle sette lettere non dicevano proprio niente, le cancellai dal testo.

Ottenni così: LA USINE REDDA FEISHMAN E PNS.

Le lettere rimanenti, opportunamente anagrammate mi diedero:

PER SADDAM HUSSEIN E LA FINE

Frase leggermente scorretta soltanto perché manca l'accento sulla E.

IL GIORNO CHE DOVREMO "PERDERE"

È stata la mia più grande ossessione. Si tratta di questo: la gran parte di noi sa che l'anno solare è di 365 giorni e 6 ore.

In realtà, e non sono certamente il solo a saperlo, l'anno solare è di 365 giorni 5 ore e 49 minuti, (secondo più secondo meno). Ora, mancano 11 minuti circa, che moltiplicati per 130 anni, danno 24 ore.

A questo punto per pareggiare i conti, ogni 130 anni bisogna eliminare l'anno bisestile.

Quando sarà questo giorno? Avrà a che fare col calendario dei Maya.

Sarà sufficiente sapere quando è stato eliminato l'ultimo giorno bisestile e calcolare i 130 anni.

Sulla data della fine del mondo abbiamo toppato tutti quanti, i Maya ed io. Me ne scuso.

Per tutto quanto è inerente al peccato originale però, la questione è un poco più complessa, e sul momento non è facile dare una risposta soddisfacente, anche se, a un attento esame la cosa risulta tutt'altro che difficile, ma è necessario ricorrere ad un certo ragionamento.

Intanto essa non va limitata soltanto agli uomini, e perché sia più comprensibile va estesa anche agli animali (compresa la gallina) e alle piante. L'inciso va per l'uso e consumo dello "studioso" di Nottingham e la sua amena teoria dell'evoluzione della specie per cui l'uovo verrebbe prima della gallina (nessuno gli avrà mai detto che le uova le fanno le galline).

Quando il buon Dio alzando le braccia al cielo pronunciò le parole: "Crescete e moltiplicatevi" Eva divenne gravida divinamente, così gli animali, mentre sulle piante spuntavano i semi.

Adamo fu avvertito di non toccare quel "frutto".

L'uomo sarebbe stato divino se Adamo non lo avesse reso impuro, violando, appunto il "frutto" di quel ventre.

Mi genufletto come credente alla sacralità dello spirito santo e non raccolgo la "fola" che Gesù avrebbe legato Maria per farsi giurare sul Giordano di essere nato per partenogenesi.

ONDE ELETTROMAGNETICHE

Come tutti ormai saprete, le onde elettromagnetiche esercitano un'azione benefica su tutti gli organi vitali. Resta però il problema degli ammalati di tumore, poiché anche su tali masse esse agiscono vivificandole e quindi vanno opportunamente schermate.

PERCHÉ ALCUNE GUARIGIONI SÌ E ALTRE NO

La questione è un poco più complessa, ma quanto meno intuibile. Riccardo ha fatto resuscitare alcune termiti, con un gesto innocente, un piccolo getto d'acqua "SORGIVA".

Ora, attraversando quali minerali quell'acqua ha assunto tale potere?

Quanta influenza ha avuto – se l'ha avuta – il raggio di sole che forando l'intrico dei rami ha colpito la mano di Riccardo?

E l'anguria?

Che fosse mezzogiorno in punto e che era l'11 di agosto festa di Santa Chiara, è importante?

Ricordando che anche a Lourdes, e non solo a Lourdes, avvengo prodigi, quando sì e quando no.

Avevo promesso di non formulare ipotesi, ma la cosa è troppo importante.

Le formiche avevano delle abrasioni, è importante quindi che il malato deve avere quanto meno un piccolo graffio aperto perché l'acqua potesse iniziare quell'azione benefica che è l'esatto contrario di un' infezione.

EPILOGO PRIMO

Quell'8 maggio era stata una giornata estenuante, la passai con i miei soliti piccoli malanni che mi tennero in loro potere per tutta la mattinata.

Al pomeriggio cessarono del tutto e così potei ritemprare il mio spirito con la lettura.

Terminato il capitolo che la sera precedente avevo sospeso per sopravvenuta oscurità, mi misi un poco a scrivere.

Ero alla prese con un argomento difficile e non me la sentivo di darmi per vinto, quando mi si avvicinarono due "pazzi" che trattandomi come uno di loro, mi costrinsero a lasciare il lavoro, traendomi fuori da una meditazione che mi era cara in cui ero assorto e in cui avrei continuato a concentrarmi volentieri se fosse dipeso soltanto da me.

Mi stavo appassionando al problema, anzi alla fede, dell'immortalità dell'anima, accettavo volentieri l'opinione di Socrate che prometteva, più che non provava, questa consolante verità.

Mi stavo appunto crogiolando a una così magnifica speranza di entrare col pensiero in seno all'eternità quando la venuta di questi due ospiti indesiderati mi fecero svanire il bel sogno, ma mi ripromisi di riprenderlo al più presto quando cominciammo una conversazione.

Abbiamo parlato un poco di tutto saltando da un argomento all'altro.

Dopo una breve e silenziosa pausa, il più anziano dei due, nominandomi testimone, tenta di persuadere l'altro che non c'è differenza tra il vivere nella gioia o vivere nel dolore (stai bene attento a non attribuire a me, ma a loro, la difficoltà di questi concetti. Del resto nessuna sottigliezza è esente da difficoltà).

"Ah", risponde l'altro, "allora tu fammi vivere felice e tieniti il tuo dolore".

La discussione non finì lì perché il piccoletto – saltando di palo in frasca – rispolverò una questione che avevano avuto il giorno prima sulla spiaggia mentre era steso al sole.

"Sto pensando", disse, "che in fin dei conti io sono un comproprietario del sole".

"Sei il solito folle", rispose il vecchio. "Di un sacco di patate in una pubblica distribuzione si può avere solo la quota spettante a ognuno, ma i grandi beni del creato non si dividono in modo che tocchi a ognuno la sua piccola parte, e qui sta il mistero, essi giungono interi a ciascuno di noi, appartengono integralmente a tutti e a ciascuno, come se fossero miliardi di Soli, mentre il cielo come si sa è infinito e vi stiamo tutti comodamente sotto".

"E allora (palo successivo), fammi spiegare bene dall'ingegnere com'è che ogni essere animato ha preso il nome dall'anima, poiché è proprio essa che fa sì che noi tutti siamo animali".

"Devi sapere che ogni essere animato ha preso il nome dall'anima, poiché è proprio essa che fa sì che noi tutti siamo animali".

"Però lui, ingegne', mentre passeggiavamo ha detto pure, che è la forza vitale che dall'anima passa ai piedi, per me è stesso l'anima che passa ai piedi e ci fa camminare, e poi...".

In quel momento mi "salvò" l'avvicinarsi del questore (ne avevano paura), mi salutarono allegramente dicendo:

"Ingegne', ci vediamo domani, ci resta ancora molto da chiedervi, e si allontanarono ridendo a crepapelle".

Dopo poche parole di circostanza, il questore si congedò da me, eppure... mi era sembrato che si stesse dirigendo al castello come di... soppiatto, come se non avesse voluto farsi vedere.

Ma forse era stata una mia impressione, e mi avviai verso la clinica.

Consumato un pasto leggero, rientrai nella mia cameretta, mi versai un bicchiere di latte col quale presi le varie pillole, mi liberai delle scarpe e mi sedetti in poltrona.

Stavo appena incominciando a rilassarmi quando lo squillo del telefono a quell'ora di notte, mi fece sobbalzare.

Lo avrei lasciato suonare volentieri senza rispondere se non mi fossi girato a guardare sul piccolo display la provenienza della chiamata. Era Otto, e data l'ora tarda non annunciava niente di buono.

"Caro Otto", risposi.

"Vincenzo, ho bisogno di te", disse bisbigliando.

"Puoi alzare un poco la voce? Non ho capito niente".

"No", e sempre sottovoce, aggiunse: "Tu hai paura dei fantasmi?".

"Finora non mi è mai capitata l'occasione di averne".

"Puoi raggiungermi un momento? Per favore, ti prego".

"Vengo subito", nel posare la cornetta mi era sembrato di udire: "Intrusi".

Mi rimisi dubito le scarpe e uscii, l'atrio era un vero deserto, ma data l'ora mi sembrò normale, ma nell'attimo stesso in cui misi piede fuori al viale, tutte le luci del grande parcheggio insolitamente affollato (particolare che attribuii alla festa del paese), si spensero.

Perplesso, rientrai, e superate le cucine uscii nel giardinetto retrostante in cerca di Giovanni l'autista, che fungeva anche da guardiano.

Anche la sua casetta era al buio, provai a bussare due o tre volte, ma non mi rispose.

A questo punto dovetti accettare che doveva essere successo qualche cosa di grave. Questo silenzio generale non poteva non essere sospetto, durante la notte doveva essere accaduta qualcosa di terribile, qualcuno dei degenti aveva provocato un massacro e io ero l'unico superstite.

Guardingo e impaurito, mi diressi al gabbiotto degli attrezzi poco distante dalla casetta, tentai la porticina ma appena mossa si bloccò, ebbi subito la percezione che dietro vi fossero ammucchiati tutti i cadaveri.

Ricordandomi che quella porticina era difettosa, urtava per terra, la sollevai leggermente, e si aprì.

Provai ad accendere la luce, ma il clic non fece effetto, solo allora mi resi conto della spropositata quantità di sudore che mi usciva dai pori.

Strappai dei fogli da un rotolone appeso alla parete e me li passai sul viso bagnato, poi strofinai le mani fino ad asciugarle completamente (per quello che avevo in mente di fare avrebbero dovuto essere asciutte), appallottolai con rabbia quei tovaglioli e li gettai in un cestino lì vicino.

Guardai l'orologio ma non si vedeva niente, valutai che doveva essere quasi mezzanotte, l'ora dei fan...

Tastoni, raggiunsi uno stipo che ben conoscevo, e prelevai il fucile da caccia di Giovanni, un Beretta calibro quattordici con le canne sovrapposte.

Dopo aver messo in canna due cartucce, ne aveva in quantità, se le preparava lui stesso, quelle col puntino azzurro erano caricate a pallini, il puntino rosso a pallettoni, conoscendo bene il ripostiglio, dato che non si vedeva niente, presi una manciata di cartucce dal lato destro che sapevo essere a pallettoni, e a scanso di equivoci me ne riempii anche le tasche.

Così bardato, uscii di nuovo nel vialetto nel silenzio più assoluto, dirigendomi verso il castello, non c'era Luna, eppure quel mio camminare guardingo mi rendeva le vaghe ombre degli alberi un poco, sinistre.

Superato il salice, di antica memoria, sempre col fucile imbracciato pronto a fare fuoco, arrivai davanti al grande portale che trovai, diversamente dal solito, completamente spalancato.

Sempre sul chi vive, entrai, mentre il fucile cominciava a tremare per conto suo.

Stavo per spingere le grandi ante del salone degli arazzi con la canna del fucile, quando cominciarono a schiudersi da sole, mentre l'intero castello veniva avvolto dalle note del Bechstein che intonavano la canzoncina *Tanti auguri a te* (compivo i mie primi sessantacinque anni).

Mi ero sempre vantato del mio sguardo fotografico, e in quel momento la mia retina li fissò tutti.

Vi erano proprio tutti, con in testa Michele (il fantasma) con sottobraccio Clara e Claudietta, e Antonello, e poi, insomma, tutti, tutti, tutti.

Già, (ne mancava solo uno).

Non seppi fare altro in quel momento che mettermi a piangere.

Tutta una scena, mancava soltanto il cartello "Scherzi a parte" il mio ricovero, l'accompagnamento in pompa magna, i lavori edili. Perché solo inconsapevolmente non avrei perso i miei "poteri".

È bravo Michele, me l'hai fatta, a ogni buon conto, ti perdono.

E brava anche la mia mogliettina, da oggi in poi la chiamerò Sarah, Sara Bernhardt, la proporrò a Berlusconi con tutto il suo cast, per una bella candid camera.

Michele superò Laurence Olivier, nella sua interpretazione del "fantasma" era proprio lui quella sera sulla panchina dei giardini di piazza Maria Ausiliatrice, dovette sparire dalla circolazione, perché il giorno della gita al bosco di Mongiana si incontrò a faccia a faccia con Bernardo Provenzano (era stato suo paziente quando ancora non era il più famoso latitante d'Italia, dichiarato "pericolo pubblico numero uno").

Forse è tutto giusto, tutto vero, ma si tratta pur sempre di sogni da non spacciare per verità storica.

Tranne naturalmente… purtroppo.

EPILOGO SECONDO

La scena si svolge sulla spiaggia dell'Hotel San Domenico.
È quasi sera, il mare è una tavola blu cobalto, all'orizzonte
s'intravede una leggera increspatura, sto aspettando l'onda che si
porti via questo mio castello di sabbia.
Se poi…